aos dez

aos dezesseis

ilustrações **linoca souza**

em s

annelise heurtier

tradução **andréia manfrin alves**

Editora do Brasil

Versão em língua portuguesa:
© Editora do Brasil S.A., 2020
Todos os direitos reservados
Texto © Annelise Heurtier
Ilustrações © Linoca Souza

Esta obra foi publicada originalmente em francês com o título *Sweet Sixteen* pela Editora Casterman, em 2013. A tradução para o português foi feita por Andréia Manfrin Alves.

Direção geral: Vicente Tortamano Avanso

Direção editorial: Felipe Ramos Poletti
Supervisão editorial: Gilsandro Vieira Sales
Edição: Paulo Fuzinelli
Assistência editorial: Aline Sá Martins
Auxílio editorial: Marcela Muniz
Supervisão de arte: Andrea Melo
Design gráfico: Obá Editorial/Lilian Og
Editoração eletrônica: Obá Editorial /Gisele Oliveira
Capa: Rafael Nobre
Supervisão de revisão: Dora Helena Feres
Revisão: Flávia Gonçalves

Dados Internacionais de Catalogação na Publicação (CIP)
(Câmara Brasileira do Livro, SP, Brasil)

Heurtier, Annelise

Aos dezesseis / Annelise Heurtier ; ilustrações Linoca Souza ; [tradução Andréia Manfrin Alves]. -- 1. ed. -- São Paulo : Editora do Brasil, 2020. -- (Farol)

Título original: Sweet sixteen
ISBN 978-85-10-08250-1

1. Ficção - Literatura infantojuvenil I. Souza, Linoca. II. Título III. Série.

20-36265   CDD-028.5

Índices para catálogo sistemático:

1. Ficção : Literatura infantojuvenil   028.5
2. Ficção : Literatura juvenil   028.5

Maria Alice Ferreira - Bibliotecária - CRB-8/7964

1ª edição / 1ª impressão, 2020
Impresso na Melting Indústria Gráfica

Rua Conselheiro Nébias, 887
São Paulo, SP – CEP 01203-001
Fone +55 11 3226-0211
www.editoradobrasil.com.br

*Aos "Nove de Little Rock",
por terem acreditado que
as coisas podiam mudar.*

*A Brigitte, Aurélien e
Christophe, pela gentileza
e pelo profissionalismo.*

*A Paul e Diane, que me dão
vontade de continuar.*

Prefácio

—

A segregação assolava os Estados Unidos da América nos anos 1950. Nas lojas, nos espaços administrativos, nos transportes públicos, nas praças... tudo era cuidadosamente pensado para que os brancos não tivessem de "suportar" a presença dos negros. Considerados seres inferiores, eles eram chamados de sujos, de grosseiros e de vetores de doenças de todos os tipos. Para a maioria dos brancos, era simplesmente impensável nadar nas mesmas piscinas, usar os mesmos banheiros, entrar pela mesma porta ou ser enterrado no mesmo cemitério que um negro.

No entanto, graças à pressão de diversas organizações, as coisas começaram a mudar. Foi assim que, em maio de 1954, a Suprema Corte dos Estados Unidos tomou uma das decisões mais importantes da história social do país. Tornando inconstitucional a segregação racial nas escolas públicas, o caso "Brown *versus* o Conselho de Educação de Topeka" (Brown *versus* Board of Education) desafiou uma antiga regra, de 80 anos. A doutrina "separados, mas iguais" não seria mais válida para a educação e, a partir de então, os negros poderiam se beneficiar da mesma educação que os brancos.

Embora a decisão tenha sido relativamente bem recebida no norte do país, ela provocou indignação e raiva nos estados do sul, de tradição segregacionista mais intensa. O *Jackson Daily News* (Mississippi) escreveu a esse respeito: "É provável que haja um derramamento de sangue no Sul por causa dessa decisão, e os degraus de mármore branco do edifício da Suprema Corte ficarão manchados. Colocar crianças negras e brancas nas mesmas escolas resultará na miscigenação, a miscigenação resultará em casamentos mistos e os casamentos mistos resultarão na degradação da raça humana".

Foi nesse contexto de oposição maciça que o prestigiado Liceu Central de Little Rock, no estado do Arkansas, decidiu encarar o processo de integração. Três anos de trabalho preparatório culminaram na abertura da instituição para nove estudantes negros, selecionados por seu comportamento e desempenho escolar. Nove adolescentes negros teriam de estudar no meio de 2500 brancos.

Constantemente perseguidos, humilhados e correndo os mais variados perigos, esses jovens de apenas 14 a 17 anos (Ernest Green, Elizabeth Eckford, Jefferson Thomas, Terrence Roberts, Carlotta Walls, Minnijean Brown, Gloria Ray, Thelma Mothershed e Melba Pattillo) permaneceriam somente um ano na escola. Um ano de uma violência inaudita, o que nos permite medir os progressos conquistados desde então... e, acima de tudo, a coragem que lhes foi necessária para abrir esse caminho.

Uma das personagens centrais deste romance, Molly Costello, foi inspirada em Melba Pattillo, cujo incrível relato pode ser lido na autobiografia *Warriors Don't Cry – The Searing Memoir of the Battle to Integrate Little Rock's Central High*[1] (Washington Square Press, 1994).

Enquanto a maioria dos acontecimentos e das personalidades aqui retratados é fictícia, alguns, embora romantizados, são baseados em histórias reais (como os episódios da volta às aulas ou a tristemente famosa tigela de chili). O objetivo deste livro não é escrever uma aula de História que esteja em todos os aspectos de acordo com a realidade, mas relatar a brutalidade dos dias que Melba Pattillo e seus oito colegas suportaram no Liceu Central. Como este livro é, acima de tudo, uma obra de ficção, os nomes dos protagonistas foram alterados.

O "pingue-pongue" político-judicial (julgamentos das diferentes cortes de Justiça, intervenções do governador Faubus e do presidente Eisenhower) foi certamente simplificado para não ser exaustivo, mas continua, ainda assim, real.

---

[1] Nota da Tradutora (N. T.): Em tradução livre, *Guerreiros não choram – A dura lembrança da batalha pela integração no Liceu Central de Little Rock*.

Maio de 1954

A senhora Carter passou os olhos por toda a sala. Era uma mulher pequena e roliça, de olhar claro e penetrante, que lecionava no Liceu Horace-Mann havia cerca de dez anos.

Ela perguntou:

– E então? Alguém de vocês quer ser voluntário?

Ninguém respondeu. Uma mosca entrou pela janela aberta e voou na direção da professora, que a espantou com um movimento do braço.

Após alguns segundos de espera, a senhora Carter recolheu as folhas espalhadas à sua frente e guardou-as em uma pasta cinza de papelão.

– Muito bem. Então vamos mudar de assunto.

A mosca voltou ziguezagueando em torno dos cabelos da professora antes de pousar em um canto da mesa.

Foi quando Molly Costello sentiu seu braço se levantar. Primeiro timidamente, depois com mais convicção, até atingir a posição definitiva, com o dedo indicador apontando para o decrépito teto. A senhora Carter, ocupada com a distribuição das cópias, não percebeu o gesto de imediato. Foi Trevor Forman, um repetente de 13 anos, quem chamou sua atenção:

– Ei, Molly, você está louca ou só quer avisar que o teto está completamente podre?

Alguns alunos explodiram em gargalhadas e a senhora Carter se virou para ver o que estava acontecendo, deixando cair os óculos sobre a blusa engomada. Ela então lançou para a garota um olhar inquisitivo:

– Sim, Molly? O que foi?

– Eu aceito.

– Aceita o quê?

– Participar da experiência.

A senhora Carter ficou paralisada. Com as sobrancelhas franzidas, fitava Molly, que tinha dificuldade de interpretar sua reação. Surpresa? Orgulho? Preocupação ou desaprovação?

– Você tem certeza?

Molly balançou a cabeça positivamente, sob o olhar petrificado dos colegas. Sentada a seu lado, a amiga Suzanna sussurrou:

– Você não está falando sério, não é? Você não vai fazer isso!

Molly encolheu os ombros. Afinal, ela não estava arriscando muita coisa. Entre uma decisão judicial e a realidade, havia um mundo a ser atravessado. Além disso, nunca se sabe! Se isso realmente acontecesse, seria algo para nunca esquecer.

Grace

Verão de 1957

A voz de Johnny Mathis sumiu, e o quarto mergulhou num torpor úmido e silencioso. Era uma tarde sem brisa, entorpecente, lenta.

Brook Sanders caiu de costas em sua cama, preguiçosamente:

– Esse cara vai me deixar louca.

Ela levantou uma sobrancelha, que tomou a forma de um acento circunflexo:

– Tenho certeza de que o cheiro dele é divinamente bom. Uma coisa ao mesmo tempo elegante e muito viril. O tipo de perfume que se usa em Paris, sabe?

Ao redor dela, as três amigas sorriram.

Deitada sobre a colcha florida, Grace Anderson, uma jovem loira e miúda, imaginava o nariz do cantor mergulhado em seu pescoço, diante de uma horda de *groupies*[2] histéricas de ciúme.

---

[2] N. T.: Expressão em inglês para designar as fãs de músicos e cantores de *pop* e *rock*.

Sentada na beira da cama, como se quisesse ocupar o menor espaço possível, Judy Griffin seguia com os olhos as curvas do rosto de Johnny Mathis, que lhe sorria da capa do vinil. Sua timidez e discrição natural a impediam de dizer isso em voz alta, mas, em seus pensamentos, ela também se via beijando efusivamente o cantor.

Dorothy Mitchell, filha do dono de um dos maiores escritórios de advocacia de Little Rock, tinha parado de folhear uma das últimas edições de *Seventeen*[3]. A cadeira de balanço na qual estava sentada emitia um pequeno ruído rítmico e tranquilizador a cada impulso que dava. Depois de também imaginar o cheiro selvagem de Johnny Mathis, ela retomou a leitura de um artigo que prometia "uma maquiagem natural em menos de oito minutos".

Em seu saiote armado de crinolina, Grace parecia ainda mais magra do que já era. Magra demais para o seu gosto, em todo caso. Ela achava que tinha uma silhueta infantil. Com olhos brilhantes de malícia, ela rolou para o lado e ficou de frente para Brook:

– Comparado ao gingado do Elvis, tem que admitir que o seu Johnny pode voltar pra casa!

Quieta em seu canto, as bochechas de Judy passaram do branco ao escarlate. Quando perceberam, suas amigas começaram a rir. Grace levantou os olhos na direção do céu:

– Judy, deixa de ser pata! Relaxa um pouco, estamos em 1957!

---

[3] N. T.: Revista americana voltada ao público adolescente.

Ela agarrou a garota pelo braço e a arrastou para o centro do quarto, cantarolando a letra do último sucesso de Elvis Presley:

> Baby, let me be
> your lovin' Teddy Bear
> Put a chain around my neck,
> and lead me anywhere

Grace achava aquilo muito divertido e usou toda sua energia para fazer Judy dançar, enquanto esta observava sua gesticulação sem saber exatamente o que fazer com o próprio corpo, as costas imóveis como uma rocha.

Para motivá-la, Grace começou a cantar mais alto antes de embarcar em uma imitação do cantor:

> Oh let me beeeeee
> Your Teddy Beaaaaar

Brook achou tudo engraçadíssimo. Tentando ficar séria novamente, ela se recompôs.

– Shiiiiu! Para, Grace! Se minha mãe ouvir você cantar Elvis, garanto que nunca mais poderá pisar nesta casa!

Judy se aproveitou dessa intervenção para soltar as mãos de Grace. Em sua casa, como na maioria das casas de garotas de boa família, o cantor havia sido banido. Até a imprensa o alfinetava, denunciando a forma obscena como ele se mexia. "Se ele fizesse isso na rua, seria preso", havia dito a revista *Times* algumas semanas antes.

Grace apalpou as bochechas, coradas pelo esforço e pelo calor do início de agosto, antes de completar:

– Bom, ouvi dizer que ele vai fazer um *show* aqui.

Brook deu um pulo da cama:

– Tem certeza? Em Little Rock?

Grace afirmou com a cabeça.

– É oficial. Li na *Gazeta do Arkansas* há algumas semanas.

Com a menção ao jornal, Brook, Dorothy e Judy congelaram. Elas encararam a amiga como se ela tivesse acabado de dizer que ia raspar a cabeça.

– A *Gazeta do Arkansas*? Aquele jornal de negros? Mas, Grace, por que raios...

Grace encolheu os ombros:

– Não se preocupem, nunca gastei um centavo com esse trapo. Foi a Minnie, minha empregada, quem recortou o artigo para mim. Ela sabe que eu amo o... humm, *Pelvis*.

Grace olhou para Judy com um ar gozador e desatou a rir. Deixá-la desconfortável era muito fácil.

Brook pôs a mão no coração, sobre o delicado broche de esmeralda e rubi que sua mãe lhe havia presenteado em seu décimo quinto aniversário. Grace o admirava desde que chegou.

– Melhor assim. Por um momento, pensei que você tinha enlouquecido. Seja como for, no seu lugar, eu não teria tanta certeza. Esse jornal não passa de um amontoado de asneiras.

Dorothy, que tinha fechado a revista, sacudia seus cachos castanhos. A *Gazeta do Arkansas* pertencia a Maxene Tate, uma ativista negra recentemente eleita para chefiar a filial local da NAACP[4] e seriamente comprometida em promover os direitos de sua comunidade.

– Meu pai disse que essa Maxene é um perigo para a coesão do estado. Que poderíamos até processá-la por isso.

Brook consentiu:

– Concordo plenamente. Aquela negra ficaria muito melhor atrás das grades. Vocês lembram, há uns três anos, depois do julgamento "Brown-não-sei-o-quê"?

– Brown *versus* o Conselho de Educação de Topeka – corrigiu Dorothy, cuja ascendência fazia os termos da lei serem naturalmente mais familiares.

As outras três assentiram. A decisão da Suprema Corte dos Estados Unidos, a mais alta jurisdição do país, causou tamanho tremor que era impossível esquecer. Bem, exceto o nome, talvez.

Brook girou o dedo indicador em volta da orelha:

– Como se os negros pudessem frequentar as mesmas escolas que nós! É hilário.

Dorothy acrescentou:

– Não entendo a teimosia dessa louca. Quem ela acha que vai convencer? Todos os estudos científicos mostram que

---

[4] National Association for the Advancement of Colored People (Associação Nacional pelo Avanço das Pessoas Negras). Organização que visa defender os direitos e a justiça da população negra nos Estados Unidos.

a raça branca é superior à raça negra em todos os aspectos. Ponto final.

– Até a forma do crânio deles prova isso[5] – completou Brook. Esses negros se comportam como selvagens, chafurdando em álcool, sexo e barulho. Não é à toa que eles foram nossos escravos, e não o contrário.

Ela suspirou:

– Bem, tudo isso me deu calor! Vocês estão com sede? Vou pedir à Martha para nos trazer uma laranjada.

Pensando em sua doméstica, acrescentou com um riso:

– Isso fará com que ela mexa um pouco aquele traseiro gordo!

---

[5] A frenologia é uma teoria segundo a qual a forma do crânio humano reflete seu caráter. Ela foi utilizada especialmente pelos defensores do racismo para legitimar uma distinção e classificação dos seres humanos por raças.

Molly

Ao abrir a geladeira, Molly percebeu que o calendário que ficava colado nela tinha desaparecido novamente. Como havia apenas um ímã para prendê-lo, não era raro encontrar o calendário no chão ou mesmo do outro lado da cozinha quando o vento era mais forte do que o habitual. Ela inspecionou rapidamente o chão de lajota. Nada. Devia ter caído debaixo de algum móvel.

Ela encolheu os ombros e se inclinou para pegar a garrafa de leite, que agitou mecanicamente. Havia apenas o suficiente para a pequena quantidade de flocos de aveia que restava.

Pendurado contra o fundo quadriculado do papel de parede, o relógio marcava 6h30. Molly ainda tinha tempo para passar na mercearia. Ela rabiscou apressadamente um bilhete para sua mãe e sua avó, com quem ela vivia desde que o pai tinha ido embora. Erin e Shiri não demorariam a acordar.

Ao sair da cozinha, Molly viu o calendário caído num canto do corredor. Ajoelhou-se para pegá-lo.

20 de agosto de 1957

Em cerca de 12 dias, algo importante ia acontecer. Uma explosão de ansiedade e impaciência a fez tremer.

—

Molly andava depressa. No final da rua, ela desviou para evitar duas latas de lixo caídas que vomitavam algumas embalagens de patê de carne, garrafas de refrigerante Grapette e cascas de alimentos não identificados, em torno das quais moscas grandes e verdes zuniam.

Uma mulher branca de cerca de 40 anos passou diante de Molly. Ela usava um bonito chapéu clochê adornado com uma grande flor laranja, o que lhe dava um ar ao mesmo tempo moderno e frívolo. A mulher mediu Molly enquanto tapava ostensivamente o nariz. Com aquele olhar explícito, a jovem percebeu que não era o lixo que a incomodava.

Molly virou à direita e chegou nos arredores de Horace-Mann, seu colégio. Era um edifício sem alma, com uma aparência melancólica, misteriosa e sistematicamente esquecida pelos programas de renovação. Ela estancou diante da entrada. Nesse período de férias escolares, tudo estava calmo, como se estivesse abandonado. Havia um corvo empoleirado sobre o banco de ferro, perto do carvalho sob o qual ela tinha falado com Vince pela primeira vez. A árvore estava doente e havia planos para que ela fosse podada.

Molly não conseguia acreditar. Será que *aquilo* ia mesmo acontecer? Conforme os dias passavam, a hipótese se tornava cada vez mais provável.

A garota nunca mais iria a Horace-Mann. Em menos de duas semanas, ela seria um dos primeiros nove estudantes negros a serem admitidos no Liceu Central de Little Rock.

Um liceu de brancos.

"Escolhidos a dedo, esses nove estudantes negros vão mudar a história", dizia a *Gazeta do Arkansas*.

Molly sempre sonhou em entrar em uma escola de brancos, nem que fosse só por curiosidade. Tudo parecia muito maior, muito mais limpo, muito mais bonito.

Nesse sentido, o Liceu Central de Little Rock era particularmente renomado. Pelo que ela tinha ouvido, lá havia equipamentos de última geração: um laboratório de Ciências, gravadores para as aulas de línguas e até mesmo uma cozinha totalmente equipada para as aulas de Economia Doméstica. Excelentes professores lecionavam lá e vários alunos já tinham recebido uma bolsa Rhodes[6]. Em suma, nada se assemelhava a sua pequena escola, na qual o corpo docente precisava redobrar sua inventividade para compensar a falta de recursos.

O pássaro negro voou para longe da ferragem, e Molly retomou seu caminho, pensativa. Apesar de haver crescido naquele cotidiano, ela estava plenamente consciente da iniquidade da situação. A vida dos negros parecia ser fruto de uma engenhosa união de injustiças que tinha um único objetivo: mantê-los em seu lugar, ou seja, debaixo das solas dos sapatos dos brancos.

---

[6] Rhodes Schoolarship Award: bolsa de estudos muito prestigiada que recompensa os melhores estudantes do mundo inteiro.

"Separados, mas iguais" era o que prometera a lei, gloriosamente, durante 80 anos. Que tolice! E não era só nas escolas. Os exemplos eram incontáveis. Banheiros para os negros nas lojas? Seria grande sorte encontrar um e, quando havia, ficava no fundo de um labirinto de corredores escuros e sujos. As fontes de água que lhes eram destinadas? Empoeiradas e jamais limpas.

Por que é que a Justiça havia promulgado tal lei se a deixava escorrer entre os dedos?

Talvez por causa disso, e também porque sua avó, Shiri, a havia criado sob a crença de que os negros mereciam as mesmas oportunidades que os brancos, Molly se oferecera para integrar o Liceu Central três anos antes.

A lembrança parecia tão distante! Quase irreal para uma garota de apenas 12 anos e meio.

Naquele dia, ela não havia prestado muita atenção a essa história. De todo modo, os segregacionistas da cidade se mobilizariam para impedir que aquilo acontecesse. Então a ideia lhe parecera tão fantasiosa que ela nem sequer considerou necessário informar sua mãe e sua avó. Depois, com o passar dos dias e dos meses, ela esquecera do assunto.

Até o dia do tal telefonema, no início de agosto. Foi Erin quem atendeu o telefone. Sua mãe ficou em silêncio e Molly se perguntou que notícia ela teria recebido. A chegada de um meio-irmão ou de uma meia-irmã por parte de pai? O divórcio de Grace Kelly e do seu príncipe francês? Um enésimo conflito com aqueles soviéticos selvagens?

Erin colocou calmamente o telefone de volta no gancho e olhou para sua filha. Os olhos negros da mãe sugaram Molly para o interior de um túnel sem fim.

Então ela falou, com um tom de voz que Molly nunca tinha ouvido. A candidatura de Molly havia sido aprovada pelo Liceu Central de Little Rock. Assim como alguns outros raros estudantes negros, ela poderia cursar seu primeiro ano naquela escola em setembro[7].

Foi depois da palavra "setembro" que Erin explodiu:

– Quando você ia nos contar? Já pensou nas consequências de sua decisão? Você nem sequer pensou que pode pôr todos nós em perigo?

Molly ficou muda, com a boca aberta, completamente atordoada. O quê? Então aquela tal história não era apenas uma farsa política? E por que só agora vinha à tona?

– Muitos negros foram linchados, e por menos que isso, minha filha! – gritou a mãe.

Os gritos de Erin obrigaram Molly a abandonar seus pensamentos e voltar para a Terra, no meio da sala. O tapete verde era grosso e macio, mas o tombo da descida foi doloroso. Ela jamais imaginou tanta fúria, tanto pânico, e acabou por ficar com medo também.

A lembrança de todos aqueles negros espancados por uma palavra ou um olhar torto, sob os olhos escarnecedores e cúmplices da Justiça, veio à sua mente, e a consequência de sua decisão se apresentou na forma de pavor.

---

[7] N. T.: Nos países do Hemisfério Norte, o ano escolar inicia em setembro e termina em junho.

– Pobre garotinha negra pretensiosa! – repetiu a mãe.

—

Molly já aguardava havia pelo menos dez minutos diante do balcão da mercearia. Dois clientes brancos que chegaram depois dela foram atendidos primeiro pelo dono do comércio, que se mostrou bastante gentil e prestativo: "A senhora prefere que as compras sejam entregues em sua residência?"; "Não gostaria de aproveitar para levar algumas dessas maçãs, verdadeiras maravilhas de textura e sabor?". John Smith era um homem rechonchudo e tão odioso com os negros quanto meloso com os brancos. Era possível pensar que ele havia escolhido deliberadamente se instalar em um bairro predominantemente afro-americano só para ter o prazer de humilhar os locais.

Quando a última cliente saiu, John Smith começou a verificar a soma de seu caixa.

Ignorando a presença de Molly, pôs-se a formar pilhas com as moedas de mesmo valor. Molly tossiu discretamente. Nenhuma reação. John Smith começou uma segunda pilha.

– Errr... Bom dia? – balbuciou Molly. O comerciante levantou a cabeça com a cara fechada. Molly olhou imediatamente para o outro lado. Cruzar seu olhar com o dele só pioraria a situação.

– O que você quer? – ladrou o senhor Smith.

– Um litro de leite, por favor.

– Você tem dinheiro para pagar? Não vendo fiado, muito menos para pretos.

Era a única venda do bairro e a família Costello fazia suas compras lá havia mais de dez anos. Eles sempre pagaram à vista, e o senhor Smith sabia disso. Molly depositou suas moedas sobre o balcão.

O comerciante espalmou as mãos em ambos os lados das moedas e sussurrou com uma voz arrogante e melosa:

– De todo modo, você deu azar, acabou o leite.

Molly fixou o olhar, incrédula, nas dúzias de garrafas que brilhavam atrás dele.

– Mas e...

John Smith bateu a mão no balcão:

– Você não entendeu o que eu disse? Não tem mais, acabou!

Molly juntou rapidamente as moedas e as guardou de volta em seu porta-moedas.

– Ora essa, isso aí quer estudar em nossas escolas, mas não consegue nem entender o que dizemos!

Molly fechou a porta da mercearia atrás de si, fazendo as sinetas valsarem. Essa não era a primeira vez que ela enfrentava esse tipo de humilhação, mas ainda não conseguia ignorar isso, como sua avó dizia que ela precisava fazer.

Voltou para casa com a sacola vazia e a alma em frangalhos. Tomaria seu café da manhã sem o leite.

Molly olhou para o relógio. Já eram sete e cinco. Se ela não se apressasse, ia chegar atrasada.

Ela já corria pela calçada quando um velho senhor negro a interrompeu. Apesar do calor, o velho vestia um suéter grosso com um buraco no ombro.

"Por que os idosos sentem tanto frio?", pensou Molly, que já estava suando. O homem perguntou:

– É você? Você é um dos alunos, não é verdade?

Sem esperar pela resposta, acrescentou:

– Estou reconhecendo seu rosto por causa da foto que puseram no jornal. Guardei o artigo.

Ele balançou o braço com uma força incomum para sua idade:

– Não vá, está ouvindo? Já temos a sorte de termos escolas, você entende?

Molly se libertou das garras do velho e deu alguns passos atrás, balbuciando uma resposta que nem ela mesma compreendeu. Então, virando as costas para ele, ouviu-o gritar:

– Você vai acabar estampada em um cartão-postal![8]

Molly se imaginou pendurada num poste com os pés balançando no vazio. Velho maluco!

E voltou a correr. Sua única vontade era entrar em casa para evitar encontrar mais alguém. Desde o anúncio da integração no Liceu Central duas semanas antes, seu cotidiano havia mudado radicalmente. E, para piorar, todo mundo se achava no direito de dar sua opinião sobre o assunto.

A cidade só falava disso. Rádio, televisão e jornais enchiam seus cofres vasculhando tudo o que podiam sobre as histórias, o contexto jurídico e as possíveis consequências de tal revolução. Revoltas, manifestações e massacres sangrentos, como os que ocorreram em Elaine e Tulsa nos anos 1920, eram evocados.

---

[8] Nos anos 1920, o "espetáculo" dos afro-americanos enforcados em poste de rua era fotografado e, em seguida, reproduzido em cartões-postais, que eram disputados pelos brancos.

Nas ruas, nas lojas, em todos os lugares havia a mesma atmosfera desagradável, pesada e tensa. Estabelecimentos para negros foram saqueados, carros foram queimados, propagandas floresceram nos gramados impecavelmente aparados clamando pela luta em defesa da segregação e dos direitos das crianças brancas.

Molly colocou a chave na fechadura e correu para dentro de casa. Um cheiro familiar de *bacon* grelhado alcançou suas narinas. Sua mãe devia estar acordada.

– Sou eu! – avisou Molly enquanto trancava a porta da entrada.

Por reflexo, ela lançou um olhar sobre o telefone. Havia quinze dias – e isso também era novidade – ele tocava sem parar. Amigos ligavam para apoiar a família ou para acusá-la e anônimos a ameaçavam e insultavam incessantemente. O inconveniente era que, antes de atender, não se podia saber em qual desses grupos o telefonema se encaixava.

Molly pôs as chaves sobre a cômoda da sala, ao lado do jornal que a mãe devia ter recolhido do capacho. A *Gazeta do Arkansas* destacava o ataque de um homem branco a uma garota de 11 anos. Molly sabia que teria sido melhor guardar imediatamente o jornal, mas não pôde se conter e percorreu todo o artigo avidamente:

"Ainda em choque, a criança relata que seu agressor a espancou enquanto a insultava para mostrar a ela o que se faz com as negrinhas que querem ir para a aula com os [seus] filhos."

Molly fechou o jornal. Não é de admirar que, dos 18 candidatos à reintegração, apenas nove tenham continuado. Ela própria tinha hesitado. Mas, no final, manteve sua escolha.

Estudar em um grande liceu era uma oportunidade que não se podia perder, e isso certamente valia alguns sacrifícios.

De fato, depois do choque, a avó e a mãe acabaram por aderir à causa: "Se essa é a sua decisão, vamos apoiá-la", asseguraram. Apenas seu pai continuou a adverti-la. Chegou até a telefonar para lhe dizer o que pensava.

Molly empurrou a porta da cozinha. Sua mãe estava sentada em frente a uma tigela de chicória. Em um prato, alguns restos de ovos mexidos indicavam que ela já estava terminando de tomar seu café da manhã. A mãe a cumprimentou com um sorriso que lhe aqueceu o coração:

– Bom dia, minha querida! Então, comprou leite?

Molly balançou a cabeça negativamente:

– Ahn-ahn, não tinha mais.

– Oh! Sério? Às seis da manhã?

Erin franziu as sobrancelhas e, para encurtar a conversa, Molly começou a falar das atividades do dia.

– Mamãe, você pode me levar à reunião da NAACP?

Erin fez que sim com a cabeça:

– É claro. Já está nos planos.

Ao dizer isso, levantou-se para pegar a cafeteira e estendeu a tigela à filha com um ar brincalhão:

– Quer um pouco?

– Não, obrigada.

Molly detestava chicória e não conseguia entender por que a mãe insistia em lhe oferecer aquilo toda manhã. Enquanto enchia sua xícara com o líquido marrom, a mãe comentou:

– Felizmente, Maxene Tate e todos os membros da NAACP estão lá para levantar o ânimo de vocês. Que carne de pescoço esse diretor!

Molly viu a expressão amarga de Leroy Thomson estampar a toalha da mesa. No dia anterior, durante uma reunião preparatória no Liceu Central, ele tinha deixado as coisas bem claras: não era a favor da mistura racial e só aceitou o plano de integração porque a lei o obrigou. Portanto, se um dos "nove" quisesse mudar de ideia, não precisava hesitar. O responsável pedagógico, um homem que parecia um fio de arame, bateu na mesma tecla:

– Além disso, não esperem participar das atividades extracurriculares ou dos clubes associativos. Que fique bem claro que a integração se limitará aos cursos obrigatórios.

Erin pôs o pacote de cereais sobre a toalha da mesa e o rosto do diretor desapareceu. Depois de agradecer à mãe, Molly encheu sua tigela em silêncio.

Enquanto semeava algumas uvas-passas sobre a aveia, a jovem observou, um tanto amarga, um tanto divertida, que elas passavam tão despercebidas dentro da tigela quanto nove negros no meio de 2500 brancos. Pegou mais um punhado de passas e as colocou na tigela. *No entanto, quanto mais, melhor, certo?*

Shiri chegou à cozinha ao som de um "Deus está conosco!" alegre e melódico. Vestindo sua longa camisola branca, ela parecia ter acabado de sair do coral da igreja.

Molly sorriu. Ela esperava que a avó tivesse razão, porque já fazia muito, muito tempo que Deus parecia preferir os brancos.

Grace

A grande mesa de mogno dos Sanders brilhava tanto que Grace podia se admirar nela.

À sua volta, todas as voluntárias desejosas de se juntar à Liga das Mães Brancas ouviam Katherine Sanders. Para falar com tanta paixão, o papel de presidente da liga devia ser mesmo o mais importante de sua vida. Seu penteado estava começando a desmanchar e ela nem sequer teve tempo de arrumar os cabelos.

– As aulas começam em menos de oito dias. É *agora* que precisamos redobrar nossos esforços para defender os interesses dos nossos filhos. NÃO PODEMOS permitir que esses nove negros estudem no Liceu Central. Vocês têm noção das consequências que isso pode trazer cotidianamente? Deixar que eles se sentem nos *mesmos* vasos sanitários, que comam com os *mesmos* talheres que nossos filhos! Expor as nossas meninas a seus modos rudes e às suas doenças!

Entre uma mordida e outra de biscoitos, o público atento fazia sinais de aprovação ao discurso, ou intercalava as falas da oradora com um "Meu Deus!" horrorizado. De vez em quando,

Martha, a empregada dos Sanders, enchia os copos ou recolhia migalhas do tapete.

Grace não pensava nutrir qualquer espécie de simpatia pelos negros, mas se perguntava como Martha conseguia manter uma aparência tão desapegada enquanto sua patroa falava aquilo tudo bem debaixo do seu nariz. Em seu lugar, Grace teria se sentido humilhada. Em vez disso, Martha continuou seu trabalho sem transparecer nada. O suor escorria pelo seu rosto, mas o calor era tamanho que aquilo poderia ser resultado da ineficiência do ventilador.

– Mas como vamos fazer? – interrogou uma mulher franzina, enquanto batia as pálpebras sombreadas de cor-de-rosa.

Seu peito sufocava sob a camisa apertada. Grace se perguntava se, tal como ela, todos à mesa estavam vendo o pedacinho de *muffin* aterrissado no decote da mulher.

– Sim, o que faremos concretamente? – replicaram diversas mães em coro.

Kathy Sanders bateu palmas:

– Todas as ideias de vocês são bem-vindas! Mas, depois de termos debatido longamente durante as últimas semanas nas reuniões organizadas pela nossa associação, sabemos que teremos de agir discretamente.

Do outro lado da mesa, Brook lançou um sorriso afirmativo para Grace, que não estava de fato empolgada de participar daquele "lanchinho", mas Brook havia insistido tanto que ela cedera.

– Não vai me dizer que você quer estudar ao lado de um negro? – perguntara Brook.

E Dorothy completara:

– Ou almoçar? O único lugar para negros no liceu é na lanchonete, atrás do balcão!

Grace então concordou, já que aquele seria um ótimo pretexto para ver o irmão mais velho de Brook, Sherwood, que ela achava muito atraente. Aliás, ela não era a única. Metade das garotas do liceu venderia a mãe para sair com ele, o que acabou por convencê-la. Seria *ela*, *Grace Anderson*, que ele convidaria para o baile. E mais ninguém.

Katherine Sanders prosseguiu:

– É simples. A abolição da segregação nas escolas públicas foi promulgada pela lei. Então, a única forma de impedir que isso avance é demonstrar que essa ação põe a segurança das nossas crianças em risco.

Outra mãe começou a gritar, muito agitada:

– Mas isso *já* é um fato! Só Deus sabe que instintos têm esses negros! Não quero encontrar minha filha assassinada!

– Ou infectada com uma doença terrível! – acrescentou outra mãe, enfiando uma fatia de bolo entre os lábios enrugados.

Grace recuou para Martha poder lhe servir um copo de suco de laranja. Havia também uma empregada negra em sua casa e, embora ela a tivesse ninado, trocado e entretido durante toda a sua infância, Grace tinha de admitir que nunca contraiu nenhuma doença específica. Longe disso. Havia uma grande cumplicidade entre Grace e Minnie. Não, mais do que cumplicidade. Era amizade.

A senhora Sanders assentiu com a cabeça antes de responder:

– Senhoras, eu concordo com vocês, mas, para a Justiça, isso não é suficiente. O que deve ficar claro é que essa integração vai gerar rebeliões, que os jovens estão adquirindo armas e que o dia 3 de setembro vai acabar num banho de sangue.

Grace levantou a cabeça. Visivelmente satisfeita, Kathy Sanders examinava o efeito de sua *performance* no público presente. Depois de alguns segundos de silêncio, um confuso burburinho tomou conta da sala de jantar.

A senhora Sanders balançou um sino prateado para pedir silêncio.

– É por isso que vamos recorrer ao juiz Reed, do Tribunal do Estado do Arkansas, e expor nosso ponto de vista. Paralelamente, peço a todas aquelas que querem aderir à nossa liga que nos ajudem a continuar a alertar a opinião pública para os perigos da integração. Aceitamos dinheiro e transferências bancárias.

Ela fez uma pausa e se preparou para soltar seu argumento final, a última cartada de que tanto se orgulhava:

– Se não agirmos agora, em breve eles vão querer se casar com as nossas filhas! E vocês logo se verão embalando... bebês mulatos!

Grace viu quando Martha dirigiu seu olhar à mulher que a empregava havia anos. E o que leu em seus olhos a deixou constrangida. Era o olhar de alguém que já perdera a esperança.

A garota tomou um gole de laranjada. Minha nossa, como estava quente ali! Quando é que aquela festinha ia acabar? Ela tinha outras coisas com que se preocupar.

Com as mãos na cintura, Grace estava de frente para as prateleiras do seu guarda-roupa. Faltavam cinco dias para o primeiro dia de aula e ela ainda não tinha decidido que roupa vestir. Ela acreditava que a primeira impressão era decisiva para assegurar sua popularidade e estava determinada a aumentar as chances.

Grace então desdobrou a blusa que acabara de ganhar de sua tia e atirou-a sobre a cama. Angorá estava definitivamente fora de cogitação para as temperaturas do início de setembro. Nem pensar em ficar vermelha como uma camponesa texana ou, ainda pior, toda suada.

Em seguida, vasculhou os cabides à procura da blusa ideal. A azul era realmente bonita, mas ela já a tinha usado. E a popeline verde-clara? Grace colocou-a na frente do corpo e deu uma volta para interrogar o espelho.

– Humpf! – ela desdenhou e jogou a blusa sobre a pilha. – Parece uma dona de casa que quer se fazer de burguesa. Como Mamie Eisenhower[9] degustando seu chá.

Após uma hora de extensa pesquisa, ela finalmente optou por uma saia branca de crinolina e uma blusa leve, colada ao corpo para valorizar a silhueta.

Girando em frente ao espelho, começou a invejar a silhueta de suas amigas, especialmente a de Dorothy. Murmurou:

---

[9] N. T.: Mamie Eisenhower (1896-1979): primeira-dama americana entre 1953 e 1961, esposa do então presidente Dwight D. Eisenhower, vista pela sociedade como um verdadeiro exemplo de mulher recatada, dona de casa e companheira do marido.

– Dizem que ela tem o nariz torto, mas ela não está nem aí porque os garotos só olham para os peitos dela!

Grace estufou o peito. Nenhum efeito. Era desesperador. Então levantou a perna para examinar a panturrilha. Se ao menos pudesse exibir as pernas finas usando saias mais curtas. Elas estampavam as capas de todas as revistas! Com meias-calças de náilon, seria um sonho. Ela suspirou e praguejou contra sua mãe, que não queria conversa.

– Meia-calça? De jeito nenhum. Já disse sim para a maquiagem, já está mais do que bom. Quanto ao resto, falaremos disso quando você completar 16 anos.

Mas Grace não se daria por vencida. Ela arranjaria meias finas antes do seu *sweet sixteen*[10], assim como agarraria aquele Sherwood de traços angelicais.

A voz de Minnie a fez voltar à realidade. Fazia quanto tempo que ela batia à porta?

– Senhorita Grace? Senhorita Grace?

A jovem correu para abrir a porta:

– Sim, o que aconteceu?

Minnie respondeu:

– Telefone para você. É a senhorita Brook. Ela pediu para dizer que se apresse. Não sei o que está acontecendo, mas ela me pareceu muito animada.

A empregada olhou por cima do ombro de Grace:

---

[10] N. T.: Expressão usada para designar o décimo sexto aniversário das meninas. Nos Estados Unidos, é um evento de grande importância, que visa celebrar a passagem da adolescência para a fase adulta, como acontece com as meninas brasileiras ao completarem 15 anos, celebrados na festa de debutante.

– Mas o que aconteceu aqui?

Grace fechou a porta do provador e sorriu:

– Ah! Não se preocupe, eu arrumo!

Minnie sorriu e observou Grace correr pelas escadas descalça e com metade da camisa abotoada. Os seus 15 anos lhe pareceram tão distantes! Na verdade, ela se perguntou se um dia já tivera 15 anos.

Grace colocou o aparelho de telefone no ouvido:

– Alô? Brook?

– Grace? Sim, sou eu! Então, você já sabe da novidade?

Grace franziu as sobrancelhas:

– Novidade? Que novidade?

– Sobre a integração, é claro! Mas o que você ficou fazendo desde esta manhã: meditando numa gruta, é?

"Quase", pensou Grace. Brook falava depressa, a novidade devia ser mesmo importante.

– O que está acontecendo?

– A ação da liga teve resultado! O juiz Reed proferiu seu veredito!

Grace não sabia exatamente do que a amiga estava falando, mas achou melhor agir como se compreendesse perfeitamente o assunto:

– Sério? E aí?

– Ele decidiu contra a integração, é claro! Parece que até o governador Faubus se manifestou a favor dos argumentos da liga. A minha mãe é realmente incrível. Se ela fosse um homem, tenho certeza de que teria construído uma brilhante carreira política.

– A integração foi definitivamente anulada? Ou apenas suspensa?

– Não faço ideia. Na minha opinião, em ambos os casos, estamos em paz por uns bons anos. Não será amanhã que teremos de aturar aquelas cabeças sujas de pretos pelos corredores do liceu!

Grace quase conseguia ver Brook na outra ponta da linha, com os olhos brilhando, agarrada ao telefone envernizado.

– Minha mãe mandou imprimir folhetos para serem distribuídos nas caixas de correio. Podemos contar com você para distribuí-los pelo seu bairro? Eu passo aí para deixá-los, se quiser.

Do outro lado da linha, Grace pensou ter ouvido a voz de Sherwood e aproveitou a oportunidade:

– Não, pode deixar, eu passo aí para pegar. Estava quase saindo para correr mesmo.

Molly

Sempre que juntava seus nove protegidos, Maxene Tate repetia sem parar que, graças a eles, um dia se viveria em Little Rock como era possível viver em Cincinnati. Negros e brancos juntos. Norma Walls, que tinha apenas 14 anos, olhava para Maxene com admiração, enquanto Conrad Bishop, o mais velho, ironizava a possibilidade de triunfarem... ou serem enforcados.

Apesar do entusiasmo de Maxene Tate, Molly continuava duvidando. Como uma coisa dessa poderia acontecer? Em Arkansas, em 1957?

Por isso ela não ficou muito surpresa quando soube da decisão do tribunal naquela noite. Ela apertou o botão *off* da televisão e a imagem congelou antes de desaparecer num vórtice eletromagnético.

– Pronto, acabou. Tivemos quase um mês de esperança. É melhor do que nada.

Pragmática, Erin disse:

– Bem, acho que vamos ter de inscrever você novamente no Horace-Mann.

Molly mordeu o lábio. A poucos dias do início do ano letivo, esperava que ainda houvesse uma vaga para ela. E, acima de tudo, que não a fizessem pagar pela pretensão de ter pensado que poderia estudar com os brancos.

A avó lhe estendeu os braços rechonchudos:

– Venha aqui, minha querida.

Ao se aproximar da avó, Molly se sentiu aliviada. A integração havia sido suspensa? Talvez tenha sido melhor, afinal. Sua vida voltaria a ser como antes. Injusta, mas normal e segura. Com escolas péssimas, mas sem ameaças de morte ao telefone.

Apesar de aconchegada pelo cheiro da avó, ela sentia a desilusão aumentar. Quando chegasse sua vez de ser avó, ela não gostaria de ter que explicar aos seus netos por que eles não podiam ir ao parque de diversões com os brancos.

Molly perguntou:

– O que eles ganham com isso? Por que estão tão interessados em nos manter nessa posição? Será que têm medo de nós?

– Certamente – disse Shiri alguns segundos depois. – O drama, na verdade, é que vivemos lado a lado, mas não juntos. Não nos conhecemos.

Em silêncio, ela começou a acariciar os cabelos da neta. Depois acrescentou:

– Mas confio em nosso Senhor. Quem sabe ele talvez tenha decidido que a estrada deve ser longa para que possamos apreciar ainda mais a chegada.

Molly beijou a avó. Ela gostava do seu otimismo, embora nem sempre conseguisse compartilhar dele.

Molly passou o fim de semana trancada no quarto. Através da janela, olhava os carros que desfilavam pela rua sem vê-los de fato. Havia duas semanas que ela imaginava uma avalanche de mudanças. Parecia tão simples. Poder ir ao teatro ou à biblioteca, sentar-se em qualquer lugar no ônibus, nunca mais ter que olhar para o chão quando cruzasse com uma pessoa branca, sonhar com um futuro que não fosse o de doméstica ou de funcionária dos Correios e Telégrafos. Desejar que tudo fosse possível para eles também. Então, sim, agora que ela sabia que nada disso ia acontecer, sentia-se mais desapontada do que aliviada.

No domingo à noite, quando Erin e Shiri foram se deitar, o telefone tocou. Descalça, Molly correu para atender sem perturbá-las. Agora que a integração havia sido suspensa, ela sentia menos medo daquele aparelho. Os insultos já tinham diminuído. Só houve uma chamada anônima o dia todo.

– Molly, é a Maxene Tate.

O coração de Molly acelerou. O que será que ela queria? Sua voz deixou claro que não se tratava de uma simples chamada de cortesia. O que, aliás, não fazia o tipo dela.

– Não volte a se inscrever no antigo liceu. Nossos advogados tomaram medidas legais para contrariar a decisão do juiz Reed. Desta vez, vamos levar o caso ao Tribunal do Distrito Federal e não há nenhum motivo para que o julgamento não nos seja favorável. Confie em mim, este ano você *vai* para o Liceu Central.

– Mas a volta às aulas é depois de amanhã, terça-feira!

– Eu sei, mas nada nos impede de voltar um pouco depois. Por enquanto, temos de esperar o julgamento. Estamos confiantes, muito confiantes.

– Como você pode ter tanta certeza? – murmurou Molly, que de repente não sabia se deveria se alegrar ou não.

Maxene Tate insistiu:

– O fim da segregação nas escolas públicas é uma decisão do Supremo Tribunal e nenhum estado pode se opor a ela. Por ora, fique em casa, tranquila. Segunda-feira é o Dia do Trabalho[11], acho que não teremos novidades até lá.

Molly desligou, pensativa. Ela tinha acabado de amansar sua decepção, e, de repente, tudo se transformava novamente. Davam-lhe esperança mais uma vez. Então, era para ficar *tranquila* esperando sua vida mudar ou não? Fácil falar...

Uma mão encostou em seu ombro. Ela se voltou, assustada. Sua mãe a olhava, preocupada. Os cabelos soltos cobriam seu rosto.

– Está tudo bem, filha? Quem era?

– Maxene Tate – respondeu Molly, com um misto de surpresa e dúvida no olhar. – Ela disse que ainda não acabou. E que iremos para o liceu.

– Aleluia! – exclamou Shiri da porta da cozinha.

A velha senhora levantou os braços em direção ao céu para agradecer seu protetor, antes de celebrar abrindo a geladeira em busca de alguns doces para beliscar.

---

[11] N. T.: Nos EUA, celebrado na primeira segunda-feira de setembro, é chamado de Labor Day, o que o diferencia do May Day, celebrado no dia 1º de maio, como acontece no Brasil e em mais de 80 países pelo mundo.

—

Molly observava o dia morrer. O céu tinha ganhado um tom rosa-alaranjado que banhava a rua com uma luz peculiar. Ela puxou as cortinas e, em seguida, ligou o ventilador, que emitiu seus ruídos costumeiros por alguns segundos antes de chegar à velocidade máxima.

A garota caiu sobre o sofá mole:

– Estou feliz de chegar em casa. A família às vezes cansa.

Shiri, sentada em sua cadeira de balanço, concordou com um sorriso. As três tinham passado aquele Dia do Trabalho em família, com tios e tias, primos e primas, para um último pique-nique antes do início do ano letivo. Neste ano, como Molly já imaginava, a maior parte do dia foi dedicada às discussões acaloradas e especulações sobre a integração. Com todas as reviravoltas, ninguém sabia em que ritmo dançar. Muito menos Molly. Na véspera do retorno oficial às aulas, ela não fazia ideia de quando voltaria à escola. E, sobretudo, para qual escola iria.

Lambendo os dedos melecados de torta de amora, sua prima Mae lhe perguntara, perplexa:

– Ok, é superlegal a dessegregação, a igualdade e tal. Mas por que você? Por que não espera que algum outro negro maluco faça isso em seu lugar?

Molly não respondera. Na verdade, ela não sabia. De qualquer forma, sua prima tinha razão. Por que ela estava naquela situação? Seria o acaso? Ou seu destino? Por que é que ela levantou o dedo naquele dia?

— Molly, está na hora do jornal. Quer ligar a TV?

A garota caminhou até o aparelho, apertou o botão e deu o soquinho costumeiro com o punho direito para estabilizar a imagem.

— Mas que monte de sucata! — resmungou Shiri. — Precisamos definitivamente trocar de aparelho.

Molly deu mais um tapa do outro lado. A avó tinha razão, não era o melhor momento para aquela velharia pifar de vez.

Aliviada, ela viu o âncora do noticiário lançar seu habitual sorriso de fantoche e voltou a se sentar na beirada do sofá. Todo seu corpo estava inclinado na direção da TV. Ela sabia muito bem que o Tribunal do Distrito Federal não havia deliberado durante o feriado, mas, quem sabe, o caso poderia ter sofrido alguma outra reviravolta. Sentada atrás dela, à mesa da sala de jantar, Erin acabava de arrumar suas pastas. Ela também estava nervosa, mas não pelas mesmas razões. Tinha finalmente encontrado um emprego como professora em uma escola para negros, e o trabalho começaria no dia seguinte.

"Como tem acontecido nas últimas noites, abrimos este jornal falando de uma notícia que ocupa as manchetes há semanas, como vocês bem sabem: a integração dos nove afro-americanos no Liceu Central de Little Rock. Antes de voltar aos últimos desdobramentos, vamos dar as boas-vindas a nosso governador, o senhor Orval Faubus, que tem um anúncio a fazer à população."

– O governador? – exclamou Molly. – Mas o que ele tem a ver com a história?

– Em princípio, nada! Então tudo isso não significa nada. – disse Erin, preocupada. – Desde que foi acusado de jogar o jogo dos comunistas, Faubus tem se mostrado mais à direita do que a maioria dos republicanos.

Shiri se levantou da cadeira de balanço, que continuou a balançar:

– Shiiiu...! Ouçam o que ele tem a dizer!

"Portanto, para garantir a segurança dos nossos cidadãos, decidi enviar as forças de segurança ainda esta noite para impedir que esses nove estudantes negros integrem o Liceu Central nos próximos dias."

Molly gritou com a televisão, como se estivesse falando com o jornalista:

– Mas por quê? O Tribunal do Distrito Federal ainda nem pronunciou sua decisão!

– Mas é justamente por isso. Faubus deve suspeitar que não tem nenhuma chance de ganhar! – respondeu Erin.

– Mas Maxene Tate ainda não nos deu sinal verde para...

– Shiiiiiiiiiiiu!

"Eles não estarão lá como segregacionistas ou integracionistas, mas como soldados convocados a servir uma causa que lhes foi designada. Porque, na minha opinião, não será possível manter a ordem e proteger a vida dos nossos concidadãos se uma integração forçada ocorrer nos próximos dias no Liceu Central de Little Rock."

Molly fitava o governador sem piscar. Ela sentia uma ira tomar conta do seu corpo, coisa que nunca tinha sentido antes.

Ela ficou surpresa. Era como se descobrisse uma estranha vivendo dentro dela. Mas não havia dúvida, o sentimento estava lá, e Molly ardia de vontade de derramar toda sua raiva sobre o governador, e sua pavorosa cara de rato.

Ela pensou nas palavras de Vince. No dia anterior, ele tinha ido visitá-la para entregar um livro. Era o único de seus amigos que ainda ousava aparecer na companhia da família Costello.

Molly ficou profundamente comovida. Quando ela o acompanhou até a porta, ele disse:

– Não me surpreende que nos acusem de todos os males. Eles nos perseguem até chegarmos ao limite e depois se surpreendem quando reagimos. A culpa é deles, não da *nossa* natureza.

Vince tinha razão. Aliás, se aquele cachorro do Faubus surgisse diante dela, ela teria vontade de lhe cuspir na cara.

Triiiiiiiiiiimmm... O toque do telefone fez Molly sobressaltar. Dominada pela irritação, ela gritou:

– Pode deixar que eu atendo.

Tirou o aparelho do gancho.

– Negras vadias! Nós encontramos o endereço do seu ninho de rato. Faubus não precisa enviar os soldados. Amanhã, a esta hora, vocês estarão acabadas.

Molly atirou violentamente o telefone. Aquilo já passava de todos os limites.

Erin apressou-se em colocar de volta no gancho o aparelho, que balançava na outra extremidade do fio.

– Desculpa – sussurrou Molly a quem pudesse ouvi-la.

Sua raiva já tinha caído por terra. Por trás dela, havia o cansaço e os primeiros sinais de arrependimento.

– Desculpa por quê? – perguntou a avó. Ela não esperava uma resposta, pois não se tratava exatamente de uma pergunta.

Naquela noite, Shiri foi buscar o revólver que guardava numa maleta de couro, no fundo do seu guarda-roupa, debaixo dos lençóis e das colchas. Era a primeira vez que Molly a via pegar a arma. Em seguida, Shiri se dirigiu até a sala, sentou-se em sua cadeira de balanço e começou a cantar orações.

– Vocês duas podem ir se deitar. Erin, você terá um longo dia amanhã. E você, Molly, precisa dormir.

Shiri parecia determinada a ficar acordada a noite toda. Ao vê-la balançar para a frente e para trás, o revólver sobre os joelhos, Molly acrescentou culpa à paleta de sentimentos que esse combate, que ela pensava ser *justo*, fazia nascer em seu coração e em seu corpo.

——

– Já são 17 horas, sua mãe deve estar para chegar – observou Shiri colocando o relógio de bolso sobre o peito farto.

Molly teve o reflexo de olhar para o relógio de parede da sala.

– Espero que o dia dela tenha corrido bem.

– Vou aguardá-la na entrada. Você espera aqui dentro.

– Aham – balbuciou Molly, voltando a ler seu livro.

Durante todo o dia ela tinha tentado mergulhar nas páginas de *On the Road: Pé na estrada*, o romance que Vince lhe havia emprestado. Ela ouviu dizer que o autor escreveu o livro em três semanas, num rolo de papel com 36 metros de comprimento. E Vince havia dito que ela não conseguiria abandonar a leitura até terminar. Mas ele tinha uma vida normal. Nada o impedia de se concentrar em sua leitura.

Molly folheou algumas páginas anteriores para tentar retomar o fio da história. O telefone tocou outra vez.

Seus dedos apertaram o livro com tanta força que suas articulações perderam a cor. Ela tentou esconder o barulho tapando os ouvidos com as mãos. Causa perdida, ele estava quase estourando seus tímpanos.

– Malditos! – ela berrou enquanto atirava a história de Sal Paradise na direção do telefone.

E errou o alvo de novo. O livro caiu ao lado do aparelho.

Houve 16 telefonemas durante o dia. Não haveria mais nenhum. Molly tirou o fone do gancho e colocou de volta em seguida. Pouco importa. Quem quer que seja, que vá se danar.

Aliviada com a própria decisão, ela foi buscar um vinil de Nat Cole e o colocou no toca-discos da sala. Ela preferia Elvis, mas, naquela noite, não tinha nenhuma vontade de ouvir um cantor branco, mesmo que ele fosse capaz de causar desmaios com um simples estalar de dedos.

Levantou então o braço articulado do toca-discos e colocou-o delicadamente sobre o vinil. Era um presente de seu pai e ela tinha muito carinho por ele. Alguns segundos depois de apertar o botão, as primeiras notas tomaram conta da sala.

> Unforgettable,
> that's what you are...

Ela adorava essa música. Aliás, essa seria certamente a música escolhida para imortalizar seu *sweet sixteen* no final do ano.

A voz do cantor desapareceu sob um novo ataque do telefone. Molly olhou fixamente para o aparelho. Aquilo não acabaria nunca? Na última vez que ela atendeu, uma voz abafada lhe fez ameaças tão cruéis que lhe deram náuseas. Ela voltou para o toca-discos e aumentou o som. E continuou cantando entre os dentes cerrados. Mais alto.

> Like a sooooooooooong
> of love that cliiiiiiiiings to me...

Mas o telefone continuou tocando com uma regularidade e insistência desesperadoras. Molly sentiu as primeiras lágrimas chegarem. Seus olhos pousaram sobre o livro que Vince lhe havia emprestado. E se fosse ele que estivesse tentando ligar? Como seria bom ouvir sua voz! Ela poderia ter passado a tarde sonhando, imaginando as circunstâncias de seu futuro primeiro beijo. Para ela, ele era muito mais do que um amigo. Mas, nas últimas duas semanas, tinha a impressão de que todas as suas preocupações de adolescente haviam sido guardadas no fundo de um armário, escondidas debaixo de uma velha máquina de escrever de alguma secretária em fim de carreira.

Alguns segundos depois, Erin e Shiri abriram juntas a porta da entrada e encontraram Molly à frente do telefone com os braços pendurados, como se tentasse entender o que o aparelho esperava dela. Na sala, o toca-discos continuava a berrar com máxima potência.

– Nessa altura, até uma doce melodia se torna insuportável – falou Erin correndo para parar a música. – Você quer que eu atenda? – ela perguntou quando tudo voltou a ficar calmo.

Molly correu para o quarto sem responder. Erin a observou ir com o coração apertado. Que turbilhão devia estar acontecendo na cabeça de sua filha... Senhor, ela só tinha 15 anos!

De maneira egoísta, ela teria preferido que tudo aquilo nunca tivesse acontecido. Mas, ao mesmo tempo, como não sentir orgulho daquela garotinha? Ela respirou fundo e atendeu o telefone:

– Erin Costello na escuta.

– Erin, é Maxene Tate outra vez. Desligaram na minha cara. Tive medo de que vocês não quisessem mais falar comigo.

Como sempre, a voz da presidente da NAACP era forte e segura. Apesar do humor de sua interlocutora, o coração de Erin disparou. Se Maxene Tate estava telefonando, era porque o julgamento tinha sido definido.

– O juiz federal Ronald Davies decidiu. Ele ordena que a integração comece amanhã, quarta-feira, 4 de setembro. O anúncio acaba de ser feito em todas as rádios.

– Mas e as tropas do governador?

– Os soldados estarão em frente ao liceu. Resta saber se vão se atrever a nos impedir de entrar. A Justiça está do nosso lado.

Erin perguntou:

– A que horas e onde...

– Não existe a menor possibilidade de cada um chegar lá sozinho, é muito perigoso. Vamos todos juntos. Estaremos lá para acompanhar as crianças e protegê-las. Nos encontraremos amanhã às 8 horas no parque da 12ª Rua. Sabe qual é? É uma rua paralela ao liceu.

Erin assentiu com a cabeça do outro lado do aparelho. Elas encontrariam o local.

Maxene Tate fez uma pausa antes de prosseguir:

– Preparem-se. Os telefonemas e as ameaças ficarão ainda mais frequentes. A partir de agora, não deixem Molly sair de casa sozinha. Aliás, evitem sair se não for realmente necessário. Amanhã de manhã, quando estiverem indo nos encontrar, fiquem muito atentas. Devemos contar com a possibilidade de manifestações de... descontentamento.

– Pode deixar, ficaremos alertas.

– Perfeito.

Maxene Tate ficou calada por alguns segundos e acrescentou:

– Erin?

– Sim.

– Sabe, isso está só começando.

Erin desligou o telefone e foi ao quarto da filha. Depois, voltou para a sala e tirou o telefone do gancho.

Grace

Robert Anderson desligou o rádio e passou a mão nos cabelos lisos. Eles eram tão pretos que Grace sempre se perguntou que mistério permitiu que seu irmão e ela tivessem nascido tão loiros.

Ela tentou ler no semblante do pai que sentimentos lhe causava o que tinham acabado de ouvir.

"Desafiando os avisos do governador Faubus e das várias associações brancas da cidade, nove estudantes negros começarão a estudar amanhã, quarta-feira, no Liceu Central de Little Rock. Como terminará esse dia? Todos os cenários são possíveis!", anunciou o jornalista, como se falasse de uma luta-livre.

Do outro lado da cozinha, a senhora Anderson começou a cortar freneticamente o assado que havia acabado de tirar do forno. Visivelmente nervosa, ela lutava com os fios de barbante que pareciam resistir a todas as suas tentativas.

– Ai! – ela gritou quando a ponta da faca entrou em sua mão.

Robert Anderson se aproximou e lhe entregou seu lenço:

– Mas por que diabos você não pediu para a Minnie fazer isso?

A senhora Anderson pôs o lenço sobre o corte:

– Ela pediu permissão para ir embora mais cedo hoje. Ela quer buscar pessoalmente seus filhos na escola, por causa da integração. Está com medo das agressões. Robert, o que você pensa de tudo isso? Acha que é seguro deixar a Grace e o Keith irem à escola amanhã?

O marido pegou sua mão e tirou o lenço para examinar o corte:

– Acho que não precisamos nos inquietar tanto. Nessa história, não são os nossos filhos que têm algo a temer. Se há algum perigo, é certamente para esses nove infelizes que estão se arriscando para integrar o liceu.

Keith, o irmão mais velho de Grace, assentiu com a cabeça. Muitos grupos extremistas estavam dispostos a lutar a qualquer custo para defender as prerrogativas dos brancos.

Para dizer a verdade, eles previam um dia infernal. Mas Keith decidiu ficar calado sobre o que sabia para não preocupar a mãe. Ele não tinha a menor intenção de ficar preso em casa enquanto todos os seus amigos assistiam ao espetáculo do ano.

A resposta do marido estava longe de tranquilizar a senhora Anderson. Ela replicou:

– Mas justamente! E se o governador estiver certo? E se houver um motim e as crianças se machucarem durante a confusão? Não vou me perdoar nunca.

Keith interveio:

– Os soldados estarão lá para manter a ordem, mãe. Concordo com o papai, acho que não temos nada com que nos preocupar.

A senhora Anderson suspirou:

– Bom, então tenham cuidado e fiquem nas suas salas. Não saiam enquanto os alunos estiverem entrando no liceu, entendido? E se por acaso...

Keith a interrompeu:

– Ok, mãe, ok. Vamos ver esse assado.

Ele pegou a faca de sua mão:

– Não vamos deixar esses negros estragarem o nosso jantar.

Molly

—

Molly acordou assustada.

Debaixo. O barulho vinha lá debaixo. Um barulho horrível de vidro estilhaçado.

É isso. Eles estavam cumprindo suas ameaças.

E a avó tinha insistido em ficar de guarda outra vez. Senhor, que nada de ruim tenha acontecido com ela! Enquanto descia da cama, Molly gritou:

– Vó, está tudo bem?

Ela se jogou literalmente escada abaixo, quase colidindo com a mãe, que segurava fortemente a camisola, os olhos saltados, a boca entreaberta. Iluminado pelo luar, o encontro era quase sobrenatural. É sempre curioso constatar a que ponto a noite pode aumentar tudo.

As duas chegaram à sala quase sem fôlego. Shiri estava de costas para elas e de frente para a porta de vidro. Por um momento, Molly pensou que a avó ia cair para trás com o peito escarlate. Ela se deitaria sobre a avó e gritaria sob o efeito do odor quente e metálico de seu sangue.

Então finalmente a viu. Pelo buraco da janela, lá fora, sobre a grama.

Envolta em imensas chamas, uma grande cruz da Ku Klux Klan.

Grace

—

Vestindo uma blusa que marcava bem a cintura, Grace estava se sentindo especialmente bonita. Ela tinha passado um pouco de *blush* cor-de-rosa nas bochechas e brilho nos lábios. Na medida certa. Afinal, não era nenhum concurso de palhaço.

– Diva! Você faria um morto ressuscitar! – concluiu Minnie, depois de verificar que a saia da jovem estava perfeitamente passada.

– Então vai ser fácil – Grace respondeu –, porque Sherwood ainda está vivo!

A garota tinha tudo planejado. O rapaz costumava papear com os amigos todas as manhãs, em frente às escadas do liceu. Então, ela passaria na frente dele e fingiria estar surpresa por encontrá-lo. Isso não lhe dava medo, ela era uma excelente atriz. Então olharia bem nos olhos dele e puxaria conversa sobre um assunto qualquer. Mesmo que não encontrasse nada interessante para dizer, ela contava com seu charme para agir em seu nome.

Mas ela era obrigada a reconhecer que aquela integração idiota estava empatando todos os seus planos. E isso desde o centro da cidade, com o engarrafamento interminável. No Cadillac preto, sua mãe batia nervosamente contra o volante, e Grace chegou a pensar que ela acabaria dando meia-volta. Ainda bem que o irmão insistiu.

Quando Grace finalmente chegou diante do liceu, ela rapidamente entendeu que não seria possível conversar tranquilamente com quem quer que fosse. Não dava para ver nem a fachada do prédio.

Uma multidão interminável se aglomerava na frente da escola. As calçadas estavam tomadas por pessoas brancas. Algumas sorriam, sentadas sobre o gramado, outras conversavam encostadas nas árvores. Havia inclusive mulheres com seus bebês no carrinho. Um homem sorria apoiado em uma placa que dizia "Proibido aos negros e aos cães".

– Isso tudo é tão infantil no fim das contas. Mamãe não tinha razão para se preocupar tanto – ela disse a Keith.

– Espere até os pretos chegarem! – ele respondeu sorrindo.

Grace subiu os degraus da escola sob os olhares dos soldados da guarda do Arkansas e teve de admitir que a experiência era bastante perturbadora.

Molly

– Não esqueça, Deus está com você! – sussurrou Shiri à neta.

Na varanda da casa, Molly deu um beijo na avó. Havia sinais de preocupação no olhar congelado da velha senhora, mas ela tentou não pensar nisso. A noite tinha finalmente acabado e chegava o grande dia.

Molly desceu as escadas para chegar até o carro. Apesar de ter prometido não olhar, os seus olhos foram automaticamente atraídos para o canto do gramado onde a cruz havia sido plantada. A noite anterior tinha sido pior do que tudo o que ela poderia imaginar. O tijolo, as chamas, as caras horrorizadas dos vizinhos, as sirenes gritando e os "Mas que droga, nós avisamos que isso não ia dar certo, vocês querem nos matar!". Parecia um filme.

Por volta das 2 horas da manhã, os bombeiros tinham, finalmente, extinguido o fogo e desmontado a cruz, enquanto Molly tentava beber uma infusão de canela e mirtilo, prostrada na cozinha junto com Maxene Tate e outros membros da NAACP. Todos tentavam minimizar o ocorrido. Tudo não passava de intimidação. Ninguém lhes faria nada, sua fama na mídia lhes garantia certa segurança. Até a avó parecia partilhar da mesma opinião. Deus estava ao lado deles e não os abandonaria.

Molly não sabia o que teria feito se eles não estivessem lá, confiantes e determinados, decidindo por ela, dando-lhe a impressão de que ela poderia mudar tudo. Ligeiramente mais calma, ela conseguiu pegar no sono pouco antes do amanhecer.

A jovem desviou o olhar dos vestígios de fuligem. Quanto tempo demoraria para a grama voltar a crescer? Talvez pudessem colocar fertilizante?

Ela abriu a porta do Pontiac de sua mãe. Erin a esperava ao volante, com um sorriso tímido no canto dos lábios. Ela tinha alisado cuidadosamente os cabelos para trás, o que deixava as maçãs do rosto ainda mais salientes.

– Vamos? Você continua decidida a fazer isso?

Molly assentiu. Maxene Tate falara sobre isso a noite toda. Rosa Parks, Montgomery, as marchas pela liberdade. O movimento tinha sido lançado e nada poderia pará-lo. Por mais angustiantes que fossem, as ameaças e tentativas de intimidação eram normais. Elas mostravam que o caminho da mudança estava traçado. Agora não era mais o momento de desistir.

Prudente, Erin complementou:

– Sabe, se você mudar de ideia, não vou ficar aborrecida.

Molly respirou fundo e respondeu:

– Estou pronta. Vamos lá. Vai, acelera.

Enquanto o motor roncava, a garota apertou o botão para ligar o rádio:

"Centenas de cidadãos já estão reunidos em frente ao Liceu Central. Aos gritos de protesto misturam-se insultos e bandeiras de diversas associações que vieram defender os seus direitos. A Liga das Mães Brancas está particularmente bem representada, com..."

Erin desligou o rádio:

– Não precisamos ouvir isso.

– Mãe, olha – sussurrou Molly, com a cabeça voltada para fora do carro.

Da calçada, os moradores do bairro observavam o Pontiac da família Costello passar, com a cara fechada. As mulheres apertavam seus pequeninos contra suas saias. Os homens estavam parados com as mãos afundadas nos bolsos. Uma verdadeira caricatura. Ao reconhecer alguns rostos mais familiares, Molly acenou para cumprimentar as pessoas, mas ninguém respondeu.

Por que as pessoas as observavam daquela forma? Então toda aquela gente só a via como culpada, uma louca perigosa? Ninguém na cidade queria mudar as coisas? Ninguém tinha ouvido falar do pastor Martin Luther King?

Pensando bem, é verdade que aqueles que concordavam com ela eram bem menos numerosos. A maioria tinha medo de represálias. Nem Suzanna deu mais sinal de vida. O empregador de sua mãe havia avisado: se eles continuassem a demonstrar qualquer apoio à família Costello, seu emprego não seria mais garantido. Com seis bocas para alimentar, os pais de Suzanna concordaram rapidamente.

Com a proximidade da escola, o carro estava pratica-mente parado. Como haviam anunciado no rádio, um enorme engarrafamento bloqueava a avenida. Um concerto ensurdecedor de buzinas acompanhava o cortejo de veículos.

– Isso é uma loucura! – gritou Molly observando as placas de alguns carros. – Tem até gente do Texas!

Erin balançou a cabeça concordando. Ela nunca havia visto tamanha multidão nas ruas de Little Rock. E esperava que alguns tivessem feito a viagem com o objetivo de apoiá-los. Estatisticamente, a hipótese era provável, não?

Ela parou atrás de uma fila de carros estacionados no bolsão entre as pistas.

– Vamos estacionar aqui. O ponto de encontro não é assim tão longe, podemos ir a pé. Tenho a impressão de que não avançaremos muito mais do que isso com o carro.

Molly e a mãe desceram.

Ao pisar no asfalto, a garota sentiu um embrulho no estômago. Como seria seu dia? Quem os acolheria no liceu? Em que classe iria estudar? Será que cairia na mesma turma de Sincerity e Madeleine? O diretor Thomson não tinha falado dos detalhes práticos, aqueles de que precisaríamos para nos tranquilizar e que nunca nos atreveríamos a perguntar, por medo de parecermos ridículos ou apegados demais.

– Molly, vamos?

A jovem se juntou à mãe e ambas foram engolidas pela multidão que subia a avenida em direção ao liceu. Molly procurou nervosamente por algum rosto negro, mas não encontrou.

Enquanto caminhavam em direção ao local do encontro, ansiosas para se juntarem aos outros, Molly percebeu que um tumulto começava a tomar forma. As pessoas gritavam palavras de ordem que ela não conseguia entender.

Ela colocou a mão sobre os olhos, a fim de se proteger do sol: para onde olhasse havia uma multidão interminável. Jovens, idosos, mulheres e homens gritavam, corriam, urravam. Outros agitavam os punhos ou bandeiras, enquanto policiais apenas observavam. A jovem sentiu o estômago embrulhar novamente. Honestamente, tudo aquilo estava longe de ser encorajador.

Poucos metros adiante, a passagem estava inteiramente bloqueada. Era impossível para Molly e a mãe chegarem ao ponto de encontro, a menos que tivessem a coragem de enfrentar uma maré de brancos. Erin murmurou:

– Não é seguro ficar aqui.

Ela apontou para uma viela perpendicular, a poucos metros dali.

– Vamos cortar por aqui. Assim ganhamos alguns metros e evitamos passar na frente do liceu. Acho que esse caminho vai dar no parque onde Maxene Tate está à nossa espera.

Molly olhou em volta e sentiu novamente que elas não deveriam ter saído do carro. Agora ela conseguia compreender bem os gritos que a multidão bradava.

E tinha que admitir: ninguém estava lá para apoiá-los. E se Tate estivesse errada? E se, em Little Rock, o movimento fracassasse? Estavam num estado do Sul. Talvez estivessem subestimando a importância dessa informação.

Molly tentou se manter calma. Objetiva. Até aquele momento, ninguém estava interessado nelas: a atenção de todos parecia concentrada a algumas centenas de metros de distância, perto do liceu. Só Deus sabia o que estava acontecendo. Além disso, estando ou não no Sul, Little Rock era uma cidade calma e policiada. Nenhum ataque racista tinha sido reportado até então.

Molly entrou na viela logo depois de sua mãe. Era uma passagem escura e estreita que se estendia por entre tijolos vermelhos. Instintivamente, Molly quis recuar. O que aconteceria se elas cruzassem com um grupo de brancos? Ela parou, hesitante, mas sua mãe já estava lá na frente. Molly mordeu o lábio. Tarde demais para desistir.

Então ela continuou andando. Imitando sua avó, tentou orar para tomar coragem e se sentir menos sozinha. "Senhor Todo-Poderoso, dá-me forças para continuar." Virou para a direita. Seus passos ressoavam, e o som era amplificado pela estreiteza da passagem. "Guia-me pelo caminho que traçaste." E seguiu por uma linha reta, paralela à rua onde a multidão estava se reunindo naquele exato momento. Essa ideia era assustadora. "Que seja feita a Tua vontade. Amém." Ela chegou a uma encruzilhada e olhou para a esquerda. Erin não estava lá. Sem acreditar, Molly olhou para o outro lado e a viu. Por mais louco que isso pudesse parecer, ela caminhava em direção à saída, na direção do epicentro da manifestação.

– Mãe, o que você está fazendo? – perguntou Molly com o tom de voz mais baixo que conseguiu.

Erin fez sinal para que a filha fizesse silêncio e deu mais alguns passos. Obviamente, ela queria saber o que se passava do outro lado da avenida.

Molly se aproximou a contragosto. Ela acreditava que logo dariam meia-volta para se juntar a Maxene Tate e aos outros alunos. Afinal, eles não as esperariam por muito tempo. Talvez já tivessem mesmo ido embora.

Ao olhar por cima do ombro da mãe, Molly entendeu para onde todos os olhares convergiam.

Vestindo uma bonita saia xadrez, uma integrante dos "nove" estava sozinha em frente ao liceu. Madeleine Stanford tinha sido encurralada por centenas de brancos e pelos soldados do governador. Alguns gritavam, visivelmente loucos de raiva, com o punho levantado e a expressão distorcida, enquanto outros apontavam armas para ela, impedindo-a de chegar à escada que dava acesso às portas do estabelecimento.

Agarrada aos livros como se eles fossem boias de nadar, Madeleine tentava se manter de pé, mas seu olhar era de desespero. Era como se ela fosse um animal preso em uma armadilha, e ela claramente não sabia para onde ir.

– Mas o que é que essa pobre Madeleine faz aqui? – perguntou Erin, horrorizada. Num clarão de lucidez, Molly lembrou que Madeleine era a única que não tinha telefone. Ela não devia ter sido avisada.

Molly começava a pensar em como pedir discretamente por socorro quando uma voz lhe congelou o sangue:

– Duas negras! Duas negras na viela!

Um pouco mais longe, um homem apontava com o dedo indicador direito para elas. Aquele dedo parecia excessivamente comprido.

– Corra, Molly, corra! – gritou a mãe enquanto tirava os sapatos. – Para o carro!

Ambas dispararam na direção oposta. Voltar para o veículo era a opção mais razoável na ausência de qualquer garantia de encontrar os outros no parque.

Com o coração disparado, Molly esqueceu completamente de Madeleine. Só conseguia pensar em fugir o mais depressa que podia.

Um grupo de brancos começou a persegui-las. Quando se virou, Molly percebeu que um deles tinha uma corda na mão. Ela podia quase sentir as fibras ásperas queimarem a pele de seu pescoço.

Molly continuava correndo atrás de sua mãe, que gritava para encorajá-la.

– Não para! Olha pra mim, não para!

A voz de Erin ecoou nas paredes, enchendo a cabeça da garota. Molly tentou acelerar o passo e correu o mais rápido que pôde, mas percebeu que não tinha sido feita para esse tipo de esforço, especialmente diante de homens tão bem condicionados para suas idades. Ela nunca chegaria àquele maldito carro e acabaria com o crânio esmagado, como aquele garoto em Jacksonville de quem tanto se falou antes do verão.

Os gritos se aproximavam. Molly não se atrevia a olhar para trás, com medo de perder tempo ou, pior, tropeçar. Não cair. Sobretudo, não cair. Em uma explosão final de energia, Molly encontrou forças para terminar a corrida. Ela disparou pela viela, acotovelando a multidão que, felizmente, estava mais dispersa do que em frente à escola.

Poucos metros adiante, Molly atirou-se pela porta aberta do Pontiac. O veículo acelerou, deixando para trás um cheiro de medo e borracha queimada.

Grace

Apoiada na janela da sala de aula com Brook, Dorothy e Judy, Grace observava o que acontecia embaixo, em frente ao liceu.

Ninguém nunca tinha visto uma multidão como aquela, "nem mesmo em um jogo dos All Stars", disse Anton, o capitão da equipe de beisebol.

Diante da dimensão do fenômeno, a professora nem tinha tentado começar a aula. Assim como seus alunos, ela estava hipnotizada pelo acontecimento, e nem procurava dissimular sua curiosidade atrás das persianas de alumínio, que ela havia levantado completamente.

– Deve haver umas duas ou três mil pessoas, não? – perguntou Grace, voltando-se para Brook.

Seu irmão tinha dito a verdade: desde que um dos nove estudantes negros havia aparecido, o clima mudara completamente. Cartazes e bandeiras haviam sido hasteados, os gritos, assobios e urros vinham de todos os lados. O clamor ressoava contra as paredes do liceu, e Grace tinha a sensação de que tudo aquilo respingava em seu rosto.

Sem olhar para o lado, Brook considerou:

– Ouvi dizer que vieram pessoas de Louisiana e da Geórgia. Sherwood me disse que há muitos membros da Klan.

Ao ouvir o nome do rapaz, Grace sentiu o coração bater um pouco mais depressa. Sempre à procura de uma oportunidade para falar sobre ele, ela perguntou:

– Sério? Como é que ele sabe?

Brook chacoalhou os ombros:

– Imagino que tenham falado sobre isso no rádio. Olhem, é a minha mãe!

Dorothy gritou:

– Ah, sim! E a minha também, ao lado dela!

Ambas começaram a agitar os braços freneticamente para atrair a atenção delas.

Grace semicerrou os olhos e levou alguns segundos para reconhecer os membros da liga. Formavam um grupo homogêneo de mulheres da boa sociedade, a maioria donas de casa casadas com notáveis da cidade. Todas vestidas de branco, elas gritavam e agitavam bandeiras que tinham se dedicado a costurar enquanto bebiam chá de tangerina. A mãe de Dorothy mantinha o punho levantado e seu penteado parecia já ter se desfeito. Olhando aquelas mulheres desfiguradas, Grace achou que elas se pareciam com qualquer coisa, menos com mulheres que queriam parecer distintas. Ela não podia deixar de se sentir aliviada por sua mãe ter optado por não participar da liga. Aquele bando de mulheres de família descabeladas só lhe inspirava desprezo.

Percebendo que sua mãe não a veria, Brook baixou os braços. Mais uma vez, ela voltou seu olhar para o epicentro da cena, para onde todos os olhos convergiam. A garota continuava imóvel.

– O que é que ela vai fazer? Ela parece um *hamster*, vocês não acham?

Judy fez um sinal negativo com a cabeça:

– Não, os *hamsters* são brancos.

Dorothy respondeu com uma gargalhada:

– Sim, mas cheiram mal!

Grace não sorriu. Ela estava absorvida pela cena, como se estivesse assistindo a um filme no cinema. Vendo que os soldados da Guarda Nacional não a deixariam passar, a menina havia começado a caminhar para a esquerda, com os livros pressionados contra o peito. O nível do barulho aumentou, a multidão se reuniu em torno da garota, que caminhava lentamente ao lado dos soldados que continuavam apontando suas armas para ela. Grace considerou que, no entanto, a garota não tinha nada de terrorista.

Ela teve um mau pressentimento. A qualquer momento, a situação poderia piorar e a jovem poderia sufocar ou ser pisoteada, esmagada pela multidão enlouquecida. Ela recuou ligeiramente. Foi um jovem vestindo uma camisa xadrez que deu o primeiro passo. Ele a agarrou violentamente pela saia e rasgou um pedaço, enquanto outros se aproximavam ainda mais e gritavam em seu ouvido. A garota encolheu a cabeça entre os ombros e colocou os livros sobre a cabeça. Uma mulher alta, troncuda como um homem, cuspiu-lhe nas costas.

– Bingo! – gritou Brook.

E virou-se para as amigas:

– Vocês acham que essa negra vai escapar?

Dorothy respondeu:

– Não sei, mas eles nos prometeram nove e só temos uma! Onde estão os outros? Esses negros são tão feios quanto covardes!

Grace não respondeu. Ela estava ao mesmo tempo aterrorizada e fascinada.

– Mas o que é que ela está fazendo? – perguntou Brook quando a garota começou a correr em direção ao ponto de ônibus.

Brook, Judy e Dorothy se penduraram ainda mais na janela, esticando-se para ver melhor.

– Não faço ideia.

Grace ficou completamente paralisada, como se estivesse no lugar da garota negra. O que aconteceria agora? Aquela garota era completamente louca por se sentar no ponto de ônibus daquela maneira quando era preciso tão pouco para a situação se transformar num motim.

Os soldados continuavam imóveis.

"De qualquer maneira, esses aí não parecem ter sido enviados para impedir que um negro seja morto", pensou Grace.

Então seus olhos perplexos viram quando um homem e uma mulher foram se sentar no banco, um de cada lado de Madeleine. Eles eram brancos.

Por alguns segundos, a surpresa silenciou os insultos.

Depois de perceber que o casal estava lá para impedir a multidão de saltar em Madeleine, Dorothy disse:

– Mas quem são esses dois idiotas?

– Malditos progressistas! – fulminou Brook. – Por que é que ninguém os tira dali?

Na multidão, como na sala de aula, os gritos tinham voltado a ecoar. Com a saia estendida sobre o banco, Madeleine permanecia sentada, com as costas arqueadas. Grace se perguntava como ela conseguia não gritar de terror ou fugir correndo. Talvez ela simplesmente não estivesse ciente do perigo que corria.

Poucos minutos depois, o ônibus chegou e Grace se sentiu aliviada.

O casal cercou Madeleine e entrou no veículo com ela. Grace olhou para Brook e Dorothy, que começaram a gritar, enlouquecidas. Ao lado delas, Judy se manteve calada. Grace se perguntou se aquela atitude era porque a amiga era reservada ou se, como ela, estava com pena da garota, por mais que ela fosse negra como um macaco.

O ônibus seguiu viagem. Uma pedra estourou o vidro de uma janela enquanto vários homens tentaram barrar o ônibus e impedi-lo de avançar.

Na sala de aula, um rapaz levantou o punho em sinal de vitória:

– Segregação ontem, segregação amanhã! Sem negros, com brancos!

———

Grace subiu os degraus da escada. Após o fracasso da volta às aulas, cerca de dez dias atrás, os nove estudantes negros não haviam reaparecido, e ela pensou que sua vida logo retomaria um curso completamente normal. A guarda e alguns grupos segregacionistas continuavam em frente ao liceu, mas eles eram cada vez menos numerosos.

O conselho administrativo da escola tinha pedido ao juiz Davies para suspender o processo de integração "até que as coisas se acalmassem". A Liga das Mães Brancas fez uma petição, argumentando novamente que a segurança de todos estava em jogo. Brook corria pelos corredores da escola convidando as pessoas a aderirem à causa de sua mãe. Ela investiu muita energia nisso, como se quisesse ser eleita capitã das Sideliners, a equipe de líderes de torcida do liceu.

Na opinião de Grace, o juiz iria revogar sua decisão. Aquela história estava prestes a ser enterrada para sempre e tudo voltaria a ser como era. Assim que entrou na escola, ela inspecionou rapidamente o pátio, como fazia todas as manhãs. Seus olhos pararam num pequeno grupo de estudantes do último ano, exatamente o que ela procurava. Sherwood estava entre eles, no meio de uma conversa com uma morena escorada em um armário.

"O que essazinha está fazendo aí?", murmurou Grace antes de se dirigir para o alvo.

Ela se recompôs e tossiu ligeiramente para limpar a voz:

– Olha! Oi, Sherwood!

O jovem rapaz se voltou para ela. Grace armou seu melhor sorriso, que praticou em longas sessões diante do espelho do banheiro.

– Ah, oi, Grace!

Ele a mediu de cima a baixo, e Grace teve certeza de ter visto seus olhos se fixarem em sua cintura. O jovem prosseguiu:

– Como você está? Faz tempo que não a vejo lá em casa... há pelo menos cinco dias, não?

Essa observação pegou Grace de surpresa. Cinco dias? Ele tinha sido muito preciso. Então quer dizer que ele prestava atenção nela. Aquilo era um bom sinal. Um excelente sinal, aliás.

E ele completou:

– Grace, esta é a Lucy, ela está na minha sala. Lucy, esta é a Grace Anderson.

A garota olhou para Grace, que leu uma sincera antipatia em seus olhos sombreados de cinza. "Cada uma por si, minha querida", pensou enquanto lhe lançava um sorriso hipócrita.

A contragosto, a tal Lucy desencostou do armário, puxou os livros contra sua blusa acinturada e sussurrou na ponta dos lábios:

– Vou indo. Até daqui a pouco, Sherwood? Na *biblioteca*?

Ela pronunciou essa última palavra olhando fixamente para Grace, para deixar claro que havia algo por trás dela.

Quando Lucy sumiu de seu campo de visão, Grace perguntou:

– Vocês vão fazer algum trabalho juntos?

Sherwood inclinou levemente a cabeça para trás e começou a rir. Deus, como ele era *sexy*! Quase tão *sexy* quanto Elvis. E ele tinha a vantagem de estar diante dela todos os dias, em carne e osso, coberto de muitos músculos.

– Pode-se dizer que sim.

Grace não soube lidar com a resposta e ficou extremamente irritada quando tocou o sinal. Decepcionada com a brevidade do encontro, ela lançou:

– Então até breve?

– Sim, até breve. Quando você for em casa, passa para me dar um oi.

Sherwood sorriu e Grace remexeu os saltos dos sapatos com o coração acelerado.

Molly

—

Mais de dez dias se passaram e os nove alunos estavam presos em casa.

– De que serve a liga exigir pela enésima vez uma suspensão da integração? – perguntou Madeleine durante uma reunião da NAACP. – Em todo caso, enquanto os soldados estiverem lá, poderíamos ser 150 que não faria diferença: nenhum de nós conseguiria entrar.

Então o advogado da associação explicou:

– Muito bem resumido. É por isso que, para contrariar a liga, vamos exigir que o juiz Davies faça cumprir a lei. As escolas públicas agora devem ser mistas, independentemente da opinião dos governadores sobre o assunto. Faubus deve retirar os soldados.

Conrad Bishop completou:

– É... Não vamos deixar esse sujeito bancar o xerife. E pensar que o pai dele era militante pelo direito ao voto feminino. O velho deve estar se revirando no túmulo.

—

Como não tinha outra ocupação, Molly aproveitou as duas semanas para pensar e tentar traduzir em palavras o que aconteceu, entender o que tinha sentido e que ainda reverberava.

Claro que, imediatamente depois, ela sentira medo. Teve dificuldade para dormir imaginando o que teria acontecido se tivesse tropeçado na viela enquanto corria. Maxene Tate havia argumentado que tudo não passava de intimidação, mas Molly começava realmente a duvidar disso. Que garantia ela tinha de que Maxene estava sendo sincera? Para que a causa deles avançasse e para expor a NAACP, ela talvez estivesse disposta a fazer qualquer coisa, incluindo arriscar a vida daqueles estudantes.

Em seguida, Molly se sentiu surpresa. Ela sabia que o primeiro dia de aula seria difícil, todo mundo já previa isso e seria estúpido imaginar o contrário. As estatísticas mostravam que 85% da população era hostil ao plano de integração. Mas mesmo assim. Alguns tinham viajado *milhares* de quilômetros apenas para se opor ao fato de nove negros terem a oportunidade de estudar nas mesmas condições que os brancos.

Depois, Molly sentiu uma profunda decepção, que a mergulhou em uma espécie de astenia física e moral. Havia tanta esperança depositada naquele 4 de setembro. Mas o fracasso tinha sido completo. O governador Faubus havia impedido o experimento: nenhum dos alunos foi capaz de pôr os pés no Liceu Central.

Nos últimos dias, Molly percebeu que a raiva estava novamente aumentando. E, com ela, a vontade de voltar. Afinal de contas, eles tinham esse *direito*.

Depois dos longos dias de questionamento, Molly se sentiu quase feliz por estar fora de casa com seus oito companheiros. No entanto, a saída não se parecia em nada com um momento de lazer e descontração.

—

Molly desceu do automóvel seguida de perto por Madeleine e pela pequena Norma. Logo em seguida, Sincerity, que estava no banco da frente, juntou-se a elas. As quatro meninas fixaram o olhar no imponente edifício. Não era a primeira vez que Molly passava na frente das colunas do Tribunal Federal, mas ela nunca pensou que um dia seria convocada a adentrar o recinto.

Assim que o grupo foi reunido, um enxame de jornalistas frenéticos os cercou. Armados com papéis, canetas, microfones e câmeras, eles surgiam de todos os lados, bastante eufóricos. Instantaneamente, as questões começaram a pipocar:

– Vocês acreditam que o juiz Davies irá autorizar a retomada da integração? Ele pode interferir na gestão do governador?

– O que vocês pensam sobre a ação de Faubus?

– Vocês têm vontade de retornar ao liceu?

– O que os motivou a embarcar nessa aventura?

– Vocês não temem pela própria vida e pela de seus familiares?

Os *flashes* disparavam e as vozes ressoavam a 180 graus. Os homens da NAACP faziam o possível para proteger os alunos da imprensa e da multidão atrás dela, mas, mesmo assim, Molly se sentiu oprimida. Ela lançou um olhar inquieto para os colegas. Madeleine estava com dificuldade para respirar e Sincerity parecia tão confortável quanto um peixe lançado no meio do Vale da Morte. Norma cruzou os braços diante do rosto de traços finos. Ela parecia tão frágil! Somente Conrad Bishop parecia conseguir se manter calmo. E é importante ressaltar que sua altura o mantinha um pouco acima da confusão.

Molly subiu na ponta dos pés para respirar um pouco de ar fresco. Seguindo as instruções de Maxene Tate, ela não respondeu a nenhuma das perguntas dos jornalistas. Em silêncio, focou sua atenção nas portas da madeira ao final do corredor, que davam acesso ao juiz e a seu veredito.

Passados alguns minutos, eles finalmente entraram no tribunal. Maxene Tate deixou bem claro: para que tivessem alguma esperança de um dia cruzar as portas do liceu, os alunos teriam de assegurar que não se sentiram em perigo no primeiro dia do novo ano escolar. Era a única chance de sucesso.

Molly sentiu uma gota de suor correr por sua espinha dorsal. Se fosse chamada a depor, ela seria capaz de atestar isso?

Os olhos de Molly fizeram um *tour* pelo tribunal. A sala era muito menor do que ela havia imaginado, com bancos impecavelmente alinhados em ambos os lados do corredor central. O tapete parecia caro e os rostos dos presidentes dos Estados Unidos figuravam em quadros nas paredes. Roosevelt e seus olhos claros, Truman atrás dos óculos acinzentados, Eisenhower e sua careca.

Os *flashes* dos jornalistas voltaram a piscar e Molly sentiu o incômodo nos olhos.

Atrás dela, Conrad Bishop perguntou:

– Vocês acham que somos celebridades?

E disse aos jornalistas, num tom insolente:

– Garanto que a única coisa que lhes interessa é saber se ainda estaremos vivos no final do ano!

Molly procurava entender como ele podia se manter descontraído.

Alguns oficiais de polícia se aproximaram para conduzir o grupo à lateral da sala, de onde assistiriam às alegações.

Sentaram-se em silêncio, alinhados sob as pesadas bandeiras do Arkansas. Molly ficou impressionada com a solenidade do lugar. E era visivelmente a única a se impressionar. Uma voz zombeteira foi ouvida de algum lugar da sala:

– Que cheiro horrível! Quando serão tomadas medidas para não permitirem que entrem mais de três de cada vez?

Alguns segundos depois, a corte fez sua entrada. Molly viu o juiz Ronald Davies ocupar seu lugar atrás do imenso púlpito. Ela ouviu falar tanto sobre ele! Ficou surpresa. As pessoas nunca eram como as imaginávamos. Muito menos ele. O homem era curiosamente pequeno. Os cabelos pretos, separados por uma linha reta, enquadravam sua cara redonda e pouco expressiva. Ela o examinou por alguns minutos. No julgamento anterior, ele já havia decidido a favor deles. Será que ousaria repetir a decisão?

Os advogados de ambas as partes se organizaram em ordem de fala.

A audiência estava prestes a começar.

Grace

Grace tocou a campainha dos Sanders. Era quase final de setembro e o tempo ainda estava quente e úmido. Ela passou rapidamente um dedo molhado em suas sobrancelhas, arrependida de ter esquecido seu espelho de bolso no assento do carro.

Um som de passos rápidos e leves indicou que Brook estava vindo abrir a porta.

Alguns segundos depois, Brook a encarava com olhos carregados de reprovação.

– Como você demorou! Sinceramente, Grace, sabe o que significa *pontualidade*?

Grace virou os olhos e cumprimentou Brook. A amiga tinha o cabelo preso em um coque e um lindo par de brincos de pérola nas orelhas que ela nunca havia notado.

– Vamos, vem comigo.

Grace seguiu a amiga e chegou ao *hall* de entrada. A casa dos Sanders estava sempre impecavelmente limpa. Grace observou que a pantera de bronze agora compartilhava espaço com uma enorme gardênia sobre o aparador de mogno, e mergulhou o nariz nas flores brancas.

– Presente do meu pai – informou Brook com um aceno de mão. – Ele sempre faz isso quando tem que se desculpar por alguma coisa. Você vem? Já estão todos lá atrás, no jardim.

Grace acenou com a cabeça afirmativamente e seguiu a amiga olhando discretamente à volta, na esperança de ver Sherwood. Mais uma vez, era somente por essa razão que ela havia concordado em participar de uma reunião da liga.

As duas jovens passaram pelas portas da sala, abertas ao silêncio das horas de maior calor. Só o estalar dos ventiladores lembrava que aquela era uma sala habitada.

Quando chegaram à porta do jardim dos fundos, Grace endireitou-se e passou a língua nos dentes. Todos deviam estar lá, inclusive Sherwood. Ela então inspecionou o jardim olhando rapidamente por cima do ombro de Brook. Sob um gazebo branco, cerca de quinze mulheres estavam sentadas em círculo em volta de uma grande mesa de ferro forjado. Copos na mão, elas conversavam sorrindo, endireitando suas saias ou ajeitando o colar aqui e ali, observando discretamente a vestimenta de uma ou o comportamento de outra.

"Algumas orelhas devem arder", pensou Grace enquanto as olhava fofocar. Um grande rádio havia sido montado em cima de um carrinho disposto na lateral e em torno do qual o grupo logo se reuniria. Martha andava de um lado para o outro, entre as convidadas e a cozinha, trazendo jarras de laranjada ou pequenos *muffins* de mirtilo.

Grace protestou mentalmente. Nada de Sherwood à vista. Ela não ia desperdiçar uma tarde de sexta-feira a ouvir um bando de quinquagenárias amarguradas pela inatividade. Era preferível estar na aula de Contabilidade.

– Espera – ela disse a Brook, que já estava no meio das escadas de pedra.

– Algum problema?

– Não, não – Grace a tranquilizou. – Só preciso ir ao banheiro, volto já.

Brook levantou as sobrancelhas e respondeu:

– Como quiser, mas vá rápido porque a reunião já vai começar.

Grace deu meia-volta no corredor com um sorriso nos lábios. "Agora, minha querida Grace, se vira e encontra o seu brinquedo." Sherwood estava em casa; ela se certificou disso antes de aceitar o convite de Brook.

Quando voltou para o *hall*, hesitou um momento. O que deveria fazer? Subir para o primeiro andar? E se alguém a encontrasse lá em cima, bem no meio do corredor?

Grace tentava acelerar seu pensamento quando uma voz grave a assustou:

– Grace?

Sherwood estava bem atrás dela, tão perto que ela podia sentir o perfume de amaciante de seu moletom.

Ele a olhava de um jeito curioso, com um sorriso estranho no canto dos lábios. Por um instante, Grace se sentiu quase desconfortável. Ela recuou ligeiramente. Sherwood perguntou:

– O que você está fazendo aqui?

Grace se ajeitou e, levantando o queixo para sustentar sua mentira, respondeu:

– Estava indo ao banheiro.

– Ah, é? Engraçado, ele não fica nessa direção.

Longe de se deixar constranger, ela respondeu:

– Parei para ver a gardênia.

Sherwood levantou uma sobrancelha, provocativo:

– Entendi. A horticultura é mesmo apaixonante.

Grace encolheu os ombros, ligeiramente irritada. Uma tendência infeliz à suscetibilidade a fazia detestar esse tipo de brincadeira.

– É raro ver tão lindas. Me deu vontade de olhá-las mais de perto, só isso.

Sherwood fez uma pausa antes de se aproximar dela. Mais perto. Extremamente perto. Agora sua jaqueta *jeans* já tocava a mão de Grace. Ele sussurrou com a voz mansa:

– É... Como eu. Também fiquei com vontade de ver você mais de perto.

Dessa vez, Grace sentiu seu estômago se retorcer de prazer. "Senhor, faça que eu não transpire", ela rogou mentalmente.

De repente, ela ouviu passos. Sherwood virou para ver quem era: Brook se aproximava deles a passos largos, vindo do outro lado do corredor. Ela os observou com um olhar suspeito antes de murmurar:

– O que é que vocês dois estão aprontando? Vocês vêm ou não? O rádio está ligado, já vai começar!

Sherwood deu um tapinha nas costas de Grace, que se sobressaltou, e então respondeu à irmã:

– Sim, vamos depressa. Mal posso esperar para ouvir o juiz Davies acabar com aquele bando de pretos!

Molly

—

"Não há nada que se oponha racionalmente ao cumprimento da integração ordenada pelo tribunal no Liceu Central de Little Rock. Por conseguinte, ordeno que a integração seja retomada. Os nove alunos aqui presentes poderão retornar ao liceu na próxima segunda-feira, 23 de setembro de 1957, data em que a Guarda Nacional do Arkansas deverá se retirar."

Golpe de martelo.

"A sessão está encerrada."

A voz grave do juiz Davies continuou ecoando na cabeça de Molly. Ela acreditava tão pouco na imparcialidade da Justiça que estava infinitamente grata ao homem que a havia encarnado hoje. Ele era um homem branco notável que deu um parecer favorável a nove estudantes negros, desautorizando publicamente a ação de um governador. Em seu próprio estado. Seus olhos se enchiam de lágrimas só de pensar nisso.

Talvez Maxene Tate tivesse mesmo razão. Talvez tudo isso estivesse apenas começando. Talvez ainda chegaria o dia em que os negros poderiam assistir aos mesmos espetáculos que os brancos. Talvez as piscinas ainda pudessem estar abertas para eles a semana toda, não apenas no dia anterior à limpeza. E enfim um cantor negro teria o direito de conduzir uma mulher branca em uma dança sem ser boicotado. E seria permitido casar misturando as cores.

– E talvez um dia haja até um presidente negro na Casa Branca! – ela comemorou diante do espelho.

Molly sussurrou para seu reflexo:

– Em menos de 48 horas, você e eu seremos oficialmente estudantes do Liceu Central de Little Rock. Se Deus... e a Justiça assim quiserem.

Até o último momento, Molly havia se preparado para receber um telefonema informando que a integração tinha sido interrompida novamente. Mas às sete e meia da segunda-feira, 23 de setembro, nem o telefone, nem o rádio, nem a televisão anunciaram nada desse tipo. Quinze minutos depois, Molly e a mãe estacionaram diante da casa de Maxene Tate.

A rua estava tomada por caminhões de rádio e televisão vindos de todos os estados. Jornalistas iam e vinham na calçada, entravam e saíam da casa dos Tate, com camisas amassadas e hálito de quem fumava o tempo todo.

– Eles dormiram aqui! – surpreendeu-se Molly falando com a mãe.

As duas mulheres abriram caminho até a sala de estar de Tate, onde os outros oito estudantes esperavam, sentados no sofá ou na ponta da mesa, a hora de ir para o liceu. Molly reparou que todos pareciam tão nervosos como ela e, paradoxalmente, ela se sentiu mais tranquila.

Depois de algumas dezenas de minutos, ela começou a ficar impaciente. O relógio marcava oito horas e cinco minutos. Eles não iam chegar atrasados logo no primeiro dia, certo?

Ela ia fazer essa pergunta a um representante da NAACP quando Maxene Tate irrompeu no salão.

Seus olhos fizeram o *tour* habitual pela sala e, quando cruzaram com os de Molly, a garota sentiu seus braços se arrepiarem. Aquela mulher tinha um carisma incrível. Quando chegava a algum lugar, todo o ambiente se transformava.

– Tudo certo. Vamos lá!

Molly abraçou a mãe. Pele, respiração e calor misturados, elas se preencheram uma da outra durante alguns segundos.

– Estou muito orgulhosa de você, Molly Costello – murmurou Erin.

Molly e outros quatro estudantes entraram no carro do senhor Collins, o tesoureiro, enquanto, em outro veículo, Maxene Tate assumia a liderança do comboio.

A jovem olhou para trás para ver os jornalistas se precipitarem para seus caminhões, ansiosos para não perder nenhuma migalha daquela nova tentativa de integração, que parecia promissora do ponto de vista da mídia.

– Por que estamos indo por aqui? – questionou Conrad Bishop depois de alguns minutos de trajeto. – O Liceu Central não fica nessa direção!

Collins olhou para Conrad pelo espelho retrovisor:

– A polícia nos aconselhou a não seguir pelo itinerário tradicional. Alguns pequenos grupos segregacionistas estão bloqueando o caminho.

– Já começou bem – o jovem retrucou.

Molly ficou feliz em conhecê-lo e saber que ele fazia parte do grupo. Ele estava sempre calmo.

Um pouco mais tarde, os dois carros chegaram aos arredores da escola. Um mar de pessoas já estava no local e Molly pensou que os homens que a perseguiram na viela certamente estavam presentes.

– Eles são ainda mais numerosos do que da última vez! – murmurou Madeleine, visivelmente chocada.

Molly segurou-a pelo antebraço:

– Não se preocupe! Desta vez estamos todos juntos.

Ela precisava tranquilizar a si mesma com essas palavras.

– Se pensarmos bem, isso é uma loucura! – brincou Conrad. – Todos esses brancos vieram até aqui só para nos ver. Eu devia ter penteado melhor meus cabelos.

O carro virou à direita.

– Vocês vão entrar pela porta dos fundos – explicou Collins, antecipando as perguntas dos passageiros. Não era necessário explicar que seria um ato suicida usar a entrada principal.

A estreita rua também estava tomada pela multidão, mas Molly percebeu que uma dúzia de policiais protegiam uma pesada porta de metal. Atrás deles, a multidão se aglomerava nas barricadas, os punhos levantados e as bocas abertas bradando palavras agressivas. Enquanto o carro de Maxene Tate reduzia a velocidade, Collins explicou com ar sério:

– Os policiais vão escoltá-los até a entrada, depois vocês serão levados para um corredor por onde poderão passar. Sejam rápidos.

O coração de Molly começou a acelerar. Eles faziam parte de algo grandioso e justo, algo que era maior do que eles, e, agora, tudo estava nas mãos deles. Era a vez de eles viverem aquilo.

A porta do carro se abriu ao som de gritos ensurdecedores.

Molly apertou as orelhas com as mãos e seguiu seus companheiros em direção à porta, sob as vaias da multidão contida pela polícia. Ela se precipitou para dentro do portão como fazemos quando nos protegemos de uma tempestade. A porta se fechou com uma batida metalizada, e os gritos ficaram mais longe. Molly arregalou os olhos. Eles conseguiram. Estavam lá dentro.

Os alunos foram rapidamente conduzidos por uma escada cinzenta e, de repente, estavam no meio de um corredor cheio de estudantes brancos. Em poucos segundos, eles se espalharam, como se uma mão tivesse atirado uma pedra em um formigueiro:

– Ah, meu Deus! Os negros chegaram! – gritou uma garota, levantando os braços.

Molly não sabia para onde olhar. Os alunos corriam para todos os lados. O tumulto era incontrolável, uma desorganização total. No meio de toda aquela agitação, uma mulher baixinha correu ao encontro deles. Com uma expressão tensa, ela os convidou a segui-la:

– Vamos depressa, o diretor está esperando por vocês. RÁPIDO!

Apesar de estar curiosa para conhecer o interior do liceu, Molly não teve nem tempo nem vontade de admirar o que quer que fosse. Desde que saíram do carro, tudo acontecia de maneira caótica e precipitada. Nada a ver com o que ela tinha imaginado.

Ela seguiu o grupo pelo corredor de mármore. Eles foram alvejados por insultos e olhares maldosos:

– Que cheiro horrível!

– Fora, seus negros!

– Vocês não vão deixar essas ratazanas entrar aqui, vão?

Molly não ficou muito surpresa. Ela sabia muito bem que a maioria dos brancos não era a favor da miscigenação, mas pensava que os jovens seriam mais abertos, mais... civilizados.

Foi só no escritório de Leroy Thomson, o diretor, que Molly finalmente conseguiu respirar. Suas pernas tremiam. Ela cruzou com seu reflexo num espelho dourado e considerou que já estava com um aspecto lamentável.

– Aqui está a grade horária de vocês – explicou Thomson após uma breve saudação habitual. – Instruí os professores a acompanhá-los até suas respectivas salas.

Embora ele parecesse tão cordial quanto uma lâmina de barbear, Molly sentiu vontade de dar um abraço nele. Ela jamais se atreveria a enfrentar sozinha aquelas centenas de homens brancos completamente ensandecidos.

Os nove estudantes examinaram os documentos que lhes foram entregues. Molly franziu a sobrancelha:

– Por que não estamos todos na mesma turma?

– Vocês não pediram a integração? Pois vocês a terão! – respondeu o diretor num tom ríspido.

Ainda com as pernas bambas, Molly cumprimentou sua tutora. O crachá pendurado em sua blusa indicava seu nome: Esperanza Sanchez. A jovem procurou ler nesse nome um sinal de encorajamento.

Às nove e trinta e três, ela entrou na sala que lhe fora atribuída.

Grace

— **O quê? Na *nossa* turma?** — **perguntou Anton, incrédulo.** — Mas como vocês aceitaram uma coisa dessas?

— O Anton tem razão! — concordou Brook se dirigindo à turma. — Isso é um escândalo! Nós exigimos que nos expliquem como foi feita a escolha!

Vendo-a se manter na ponta dos pés, com um ar arrogante e impositivo, Grace percebeu uma semelhança impressionante entre a garota e a mãe. Ela poria a mão no fogo se, em alguns anos, Brook não se tornasse presidente da liga. Só lhe faltava o mesmo penteado.

Todos começaram a concordar de forma barulhenta com o questionamento de Brook. A senhora Olson, que seria sua professora de História durante o ano, tentou trazer de volta um pouco de calma, sem muito esforço:

— Silêncio! Silêncio! Não tenho nada a ver com isso, não fui eu quem decidi a distribuição dos nove negros!

Ela disse "negro" com a ponta dos lábios, como se tivesse medo que a própria palavra lhe escurecesse a boca.

Trinta minutos se passaram sem que a senhora Olson conseguisse chamar a atenção dos alunos. Com a voz entrecortada, ela proferiu toda sua ladainha professoral, registrando esporadicamente alguns cocozinhos de mosquito na lousa.

Grace mordeu a ponta do lápis. Como seria a aula quando a estudante negra, a tal Milly Castello, ou algo assim, chegasse? Ela tinha a impressão de que a sala se transformaria num circo.

Alguém bateu à porta. Toda a turma olhou naquela direção ao mesmo tempo.

– Hum... Entre! – ordenou a senhora Olson, ficando com a voz entrecortada ao pronunciar a última sílaba.

Grace olhou para a estudante negra parada na porta. Enquanto seus colegas estavam ocupados gritando, ela mediu a garota da cabeça aos pés. Saia branca, visivelmente nova, já bastante amassada e suja na lateral. Sapatos baratos e bem engraxados. Sem maquiagem. "Em todo caso", Grace considerou enquanto olhava nos olhos arregalados da garota, "ninguém a obrigou a se inscrever aqui". Apesar de tudo, encontrou certa harmonia em seus traços. Uma verdadeira harmonia, na verdade. Se ela se vestisse melhor, teria um aspecto até agradável.

Vindo logo atrás, Esperanza Sanchez cochichou algumas palavras na orelha da tal Molly Costello, o que a fez dar um passo apressado para a frente, como se um tridente tivesse espetado seu traseiro. Depois de observar a sala com um olhar de pânico, ela finalmente caminhou em direção à única carteira vazia.

A voz anasalada de Anton se destacou em meio ao burburinho:

– Meu Deus, ela teve o atrevimento de entrar! Nós somos 30 e você está sozinha, negrinha! Se eu fosse você, ia embora agora!

A senhora Olson ignorou o comentário e tentou retomar a aula de onde havia parado. Ela bateu a mão na mesa:

– Abram o livro no capítulo 12!

Anton se levantou:

– Se é assim, vou embora!

Quatro outros alunos fizeram o mesmo.

Grace não se mexeu, assim como os outros que decidiram ficar. Todos estavam ocupados em comentar a postura da tal Molly, que parecia bastante desajeitada.

– Olhem só para ela – disse Brook, balançando negativamente a cabeça. – Olhem como está vestida!

– E os cabelos? – escarneceu Dorothy. – Ninguém fazia ideia de que esses cabelos eram assim.

Judy murmurou:

– Vocês estão exagerando, não acho ela tão feia assim...

Brook e Dorothy viraram-se abruptamente. Brook perguntou, falando muito alto, como se falasse com um retardado:

– Como é que é?

Judy ficou tão vermelha que Grace sentiu pena dela. Ela respondeu em seu lugar para desviar a atenção:

– São quase dez horas, já vai tocar o sinal. Vocês acham que ela vai fazer aula de Educação Física com a gente?

Um clarão tomou conta dos olhos de Dorothy:

– Ela não vai usar nossos chuveiros... e nossos banheiros, né?

Brook sacudiu seus cachos:

– Impossível! É contra a lei!

– É verdade, eles já deveriam ter construído outros há muito tempo – considerou Grace quando ouviu o sinal.

Molly

—

Desde que pôs os pés dentro da escola, Molly não conseguiu controlar mais nada. Sem referências, ela tinha a impressão de que seu único objetivo era caminhar atrás de Esperanza Sanchez para evitar os meteoritos.

Molly havia crescido em meio à rejeição e ao desprezo dos brancos; na melhor das hipóteses, sob a indiferença deles. Mas nunca pensou que um dia enfrentaria uma concentração de brutalidade como aquela. Era completamente assombroso.

A jovem se esquivou de uma régua de ferro que acabou indo parar no chão. Mae, sua prima, tinha razão. O que tinha dado nela para aceitar participar daquilo? Era uma completa loucura.

– Para onde você tem que ir agora? – perguntou Esperanza com um tom de voz seco.

Molly pegou a agenda com um gesto desastrado. A folha tremia entre seus dedos:

– Para a aula de Educação Física, eu acho.

A tutora suspirou:

– Precisaremos sair do liceu. As aulas acontecem do lado de fora, no campo de esportes. Vou acompanhar você até lá. Anda rápido e tenta não chamar a atenção.

Não chamar a atenção? Em sua cabeça, Molly ouviu a si mesma rindo como uma louca.

Na quadra de esportes, vários grupos de meninas já estavam organizados, prestes a começar os jogos de voleibol. A professora era uma mulher. Algo bastante surpreendente para essa disciplina. Alta e atlética, ela se aproximou de Molly com um sorriso e a convidou para se sentar junto ao grupo. Molly se sentiu aliviada por não ler qualquer animosidade no olhar da professora. A mulher agia como se sua presença fosse normal, enquanto Molly se sentia como uma barata no fundo da pia. Com o coração batendo descompassado, a menina caminhou na direção do campo tentando se concentrar no jogo que ia começar. Felizmente, ela conhecia bem as regras e jogava relativamente bem. Ótimo! Ela não pareceria completamente estúpida.

As meninas tinham parado de jogar. De pé, com as mãos na cintura, olhavam Molly com um olhar furioso.

Depois, ao sinal do apito da professora, o jogo recomeçou. Molly se concentrou na bola, assim ela evitaria cruzar o olhar das garotas brancas, como havia aprendido a fazer desde cedo. Especialmente desde que Emmett Till[12] tinha sido assassinado, havia dois anos.

---

[12] Adolescente negro brutalmente assassinado em 1955, no Mississippi, por ter olhado uma mulher branca nos olhos.

A bola passou diversas vezes perto de sua cabeça e, apesar de seus esforços, Molly só conseguiu tocar nela uma vez. Foi então que ela entendeu. Seu rosto era o alvo.

Tarde demais. O choque a desequilibrou. Ela levou as mãos à cabeça, e sua vista ficou turva.

– Iupiiiiiiiiiiiiiiiiiii! – gritou uma loira alta, sorrindo com todos os dentes.

Molly saiu da quadra cambaleando. No intervalo de apenas uma hora e meia, já não restava mais nada do entusiasmo e da curiosidade com que ela havia saído de casa. Esse último golpe até a impediu de passar pela fase da raiva. Toda aquela tensão a destruía. Seus pensamentos estavam desarticulados e ela tinha um único objetivo: ir para casa sem mais nenhuma lesão.

Molly caminhou pela lateral do campo e desabou sobre um banco pintado com as cores do liceu. Sua cabeça doía demais. As meninas deviam ter atirado a bola com muita força.

A professora se aproximou de Molly e se ajoelhou diante dela. Ao vê-la se abaixar para ficar à sua altura, Molly desabou a chorar. Era a primeira vez que uma pessoa branca fazia isso.

– Molly, você pode voltar para o vestiário se quiser.

A voz dela era doce e Molly sentiu vontade de abraçá-la. Quem era aquela mulher que não parecia incomodada com sua presença?

Molly se perguntou se conseguiria chegar ao vestiário sem cair com a cabeça na terra quando, ao olhar para a rua, notou a multidão que se aglomerava atrás da cerca. No primeiro plano, várias mulheres sacudiam o alambrado e gritavam coisas que se misturavam na cabeça de Molly. Não havia ninguém ali quando ela saiu do vestiário, ela tinha certeza. Agora parecia haver uma quinzena e outras ainda estavam chegando.

– Mas o que é isso? – perguntou a professora de Educação Física, que pareceu igualmente surpresa com o que via.

A voz dela desapareceu, dando lugar a uma careta de espanto.

Um grupo de mulheres *escalava* a cerca.

Instintivamente, Molly se levantou do banco, o que a fez se sentir como se tivessem cravado um punhal em seu crânio.

– Peguem-na! – gritaram as mais gordas, que ficaram embaixo chacoalhando a cerca.

A professora arrastou Molly para o vestiário:

– Corra! Entre aí! Vou chamar a polícia!

Molly começou a correr. Mas, com o punhal no crânio, aquilo era sobre-humano. A cada passo, a dor martelava sua cabeça.

Atrás dela, as vozes começaram a ecoar de um jeito estranho, como se Molly estivesse mergulhando na água. Ela apertou os olhos: a porta do edifício parecia tão distante! Ela parecia estar sendo tragada por um mar de mingau.

Molly continuou correndo, com a visão turva e as pernas recalcitrantes. À beira do desmaio, finalmente chegou à porta do vestiário. Tentou segurar a maçaneta, mas não conseguiu. Então limpou os olhos e tentou novamente. A porta abriu. Ela se precipitou para dentro do local e reuniu forças para fechar o trinco.

No corredor, Esperanza Sanchez levantou-se com uma revista na mão.

– Mas o que aconteceu? Já está cansada?

Alguns segundos depois, golpes começaram a ressoar na porta trancada.

Molly só teve tempo de ver sua tutora tropeçar antes de desabar no chão.

À uma da tarde, a polícia escoltava Molly até sua casa.

"Para um primeiro dia, isso é o suficiente", disseram eles, e Molly, como uma marionete, deixou-se levar até a viatura com toda confiança e calma. Ela nem reparou que uma revoada ensurdecedora de pedras atingia a carroceria do veículo.

Alguns minutos depois, o veículo estacionou em frente à casa dela. As portas da viatura foram abertas e Molly encontrou a avó à sua espera na varanda. Shiri retorcia as mãos de angústia. A jovem quase se arrependeu de ter recobrado a consciência. Ela se sentia infeliz e culpada. A tentativa de ataque deve ter sido anunciada várias vezes pelo rádio, e ela imaginava exatamente os apetitosos detalhes que teriam sido relatados.

"Escalando os portões do liceu, uma avalanche de mulheres brancas não hesitou em rasgar suas saias para atacar Molly Costello, que já tinha sido atingida por um golpe na cabeça. No momento em que damos esta notícia, ainda não sabemos em que estado se encontra a infeliz estudante e..."

Molly respirou fundo e limpou a saia, que mais parecia um trapo cinzento de tanta poeira. Ela desceu do carro tentando se manter em pé. Um metro e 65 centímetros de espanto, sofrimento e decepção.

Ao descobrir o que tinham feito com a neta, Shiri levou as mãos à boca. Depois, seus olhos se encheram de lágrimas. Molly pegou na mão da avó e enterrou o nariz em seu pescoço, que cheirava a pó de talco e gardênia. O cheiro era bom e reconfortante.

As duas ficaram abraçadas durante dois segundos, dois minutos, dois anos.

Meia hora depois, após esvaziar o reservatório de água quente, Molly surgiu na sala de banho tomado e roupas limpas. Ela sabia que precisaria contar tudo. Não poderia ficar quieta e deixar que sua mãe e sua avó imaginassem como tinha sido seu dia. Ela lhes devia explicações, era o mínimo que podia fazer.

Sob a ducha, enquanto via a espuma desaparecer pelo ralo, decidiu que tentaria se manter imparcial e ser o mais factual possível. Não dizer nada sobre sua surpresa nem sobre sua desilusão... tampouco sobre o mal-estar que fez a barriga se retorcer, pouco a pouco, ou sobre a sensação de rejeição tão brutal que sentiu e que lhe fez tão mal. Ela também não diria nada sobre todas as perguntas que teve tempo de fazer a si mesma durante o caminho até em casa. Ela *realmente* voltaria para aquele inferno? O que aconteceria se desistisse? Será que tudo voltaria a ser como antes? Ela queria que alguém decidisse em seu lugar. Para não ter mais que pensar.

Molly sentou-se de frente para o copo de leite que a avó lhe serviu e levou-o até os lábios. Ela manteve o líquido em sua boca por alguns segundos, feliz em se preencher com uma sensação tão simples, antes de tomar tudo num gole só.

A porta da frente se abriu de repente, e sua mãe correu em sua direção:

– Santo Deus, você está viva! Você nunca mais vai pôr os pés naquele lugar! Você ouviu? Nunca mais!

"Está tudo bem agora, mãe, tudo bem", Molly se ouviu responder.

Ela falou aquilo mesmo?

No dia seguinte, seguindo o conselho de Maxene Tate, Molly ficou em casa, assim como os outros oito estudantes, que se sentiam como se tivessem caído no mesmo inferno. No Liceu Central, a caça ao negro havia começado.

Molly ficou em frente à televisão tentando organizar seus pensamentos. Esse exercício estava se tornando bastante familiar. Ela sentiu que, havia um mês, tinha começado a se conhecer melhor. Durante a reunião organizada por Maxene Tate, os alunos aceitaram a ideia de que, apesar das "dificuldades", o projeto de integração não deveria ser abandonado. Era preciso resistir, mostrar ao mundo todo que os negros não eram vítimas ou covardes, que esperança e coragem não tinham cor.

Dito isso, Molly tinha tudo, menos vontade de voltar para o liceu. Não havia a menor possibilidade de que ela fosse usada como isca novamente, com o objetivo de que a causa de sua comunidade avançasse. Mas, então, o que fazer? O problema parecia sem solução.

Na televisão, uma dona de casa muito elegante, vestindo um avental branco de renda, exaltava a eficácia de uma nova fórmula de produto de limpeza. Molly se levantou para mudar de canal e franziu a sobrancelha ao ver a cara do presidente Eisenhower. Não era sempre que ele aparecia na televisão. Ela se sentou no tapete para ouvi-lo falar.

Alguns minutos depois, quando Shiri se juntou a ela, Molly ainda estava em choque com o que havia acabado de ouvir. Algo absolutamente inacreditável acontecera. Uma decisão histórica, sem precedentes.

– Que cara é essa? O que está acontecendo? – perguntou Shiri. – Parece que acabaram de anunciar que comunistas armados estão invadindo o país!

Molly balançou a cabeça negativamente. A avó jamais adivinharia.

O presidente Eisenhower em pessoa estava intervindo no caso. A partir do dia seguinte, mil soldados da 101ª Divisão Aerotransportada desceriam de paraquedas em Little Rock, a fim de permitir que Molly e seus oito camaradas frequentassem as aulas em segurança. A 101ª Divisão! Homens que lutavam em guerras por todo o mundo.

Quando acabou de explicar, Molly estava arrepiada. Shiri passou o braço ao redor dos ombros da neta:

– O Senhor ouviu as nossas orações. Você vai voltar para aquela escola e, a partir de agora, nada pode nos impedir de seguir em frente.

Grace

Como todas as manhãs havia uma semana, Grace passou diante dos soldados enviados por Ike Eisenhower. Apesar de não ter muita experiência em estratégia militar, pôde constatar que alguns deles estavam sempre nos mesmos lugares: entradas principais e secundárias, arredores dos banheiros, cantos dos corredores e todos os espaços um pouco mais escuros atrás dos quais era fácil esconder-se para bater em alguém, de preferência em um negro.

Em vez de seguir pelas escadas que levavam diretamente à sala de aula, Grace pegou o corredor à direita. Desde que notou um jovem soldado extremamente tímido naquela direção, ela fazia questão de desfilar na frente dele pelo simples prazer de ver seu embaraço quando ela lhe sorria.

Como Grace tinha previsto, as bochechas do soldado ficaram cor-de-rosa. Satisfeita com o efeito obtido, ela seguiu seu caminho... sendo obrigada a dar a volta pelo térreo. Ela caminhava com a postura ereta e a cabeça erguida: nenhuma precaução era demais quando se tratava de seduzir. Além disso, ela poderia cruzar com Sherwood a qualquer momento.

Enquanto subia as escadas, aproveitando o estalar de seus novos sapatos sobre o piso, ela pensou nele novamente. Houve várias vezes em que ele deu certos sinais de interesse, e Grace estava muito confiante em relação ao resultado do combate. Só mais um pouco de esforço e Grace Anderson seria a acompanhante de Sherwood Sanders no baile de fim de ano. Agora ela só precisava de um par de meias finas friccionando sob um vestido caro e estaria pronta.

Ao chegar ao corredor do terceiro andar, Grace quase se chocou com Brook, que estava ocupada distribuindo panfletos. Ela apanhou um:

Estamos num estado sitiado!
Resistamos para defender
nossos direitos e nossa segurança!

Segregação ontem,
segregação hoje,
segregação amanhã!

Ela amassou o papel com as mãos antes de colocá-lo em um bolso perdido nas dobras de sua saia. Grace não se considerava uma legítima filonegra[13], como Eisenhower e todos os que aprovavam sua decisão passaram a ser chamados, mas ainda se perguntava o que justificava tal comportamento para com aqueles

---

[13] N. T.: Termo usado para designar pessoas que gostam dos negros ou os defendem.

nove negros. É verdade, as pessoas nem sequer os conheciam! Mal tinha escutado o som da voz deles. E, o mais importante, ninguém era obrigado a trabalhar com eles, muito menos falar com eles. Era possível simplesmente ignorá-los.

Grace cruzou com Brook novamente, e ela lhe entregou cerca de 50 panfletos:

– Toma, me ajuda.

Sem esperar resposta, ela colocou os panfletos na mão da amiga. Grace rangeu os dentes. Francamente, ela tinha mais o que fazer do que distribuir um monte de papéis que deixariam seus dedos manchados. Além disso, o comportamento de Brook começava a irritá-la. Por que ela estava tão obstinada? Ela não precisava convencer ninguém. Na sua esmagadora maioria, os estudantes desejavam apenas uma coisa: livrar-se daqueles nove lunáticos.

Quanto a Grace, ela pensava que era melhor se render às evidências. A integração estava em curso. Era melhor se habituar a eles de uma vez por todas já que, provavelmente, no ano seguinte eles seriam ainda mais numerosos. Mas ela guardava seus pensamentos para si mesma. Decididamente, aquele não era o melhor momento para se desentender com Brook, pois estava muito perto de fisgar seu irmão mais velho.

Grace caminhou um pouco pelo corredor e, quando teve certeza de que estava fora do campo de visão de Brook, livrou-se dos papéis no primeiro latão de lixo que encontrou.

Enquanto verificava se suas mãos estavam limpas, ela viu Molly Costello chegando junto com o soldado que agora a acompanhava por toda parte. Grace se perguntou quanto tempo eles ainda ficariam ali. Num programa de rádio, a mãe de Brook havia vociferado que aquilo era ultrajante:

– Vocês se dão conta do dinheiro gasto pelo contribuinte para a proteção desses negros? Três milhões de dólares! Sim, vocês ouviram bem, TRÊS MILHÕES DE DÓLARES!

Quando voltou para sua sala, Grace se perguntou o que poderia fazer com essa quantidade de dinheiro. Se transformasse em vestidos e sapatos, teria um belo guarda-roupa. A voz de Anton a trouxe de volta à realidade. O jovem apontou para Molly:

– Olha quem está aqui! Alguém tem amendoins?

Os companheiros dele, achando graça, deram-lhe um tapinha nas costas, e Anton começou a imitar um macaco, fazendo toda a turma cair na gargalhada.

Grace observou Molly, que nem sequer alterou sua cadência. Ela admirava genuinamente sua coragem e tenacidade, especialmente depois do que lhe tinha acontecido no primeiro dia de aula. Ela própria era muito perseverante, mas, no lugar da garota, certamente não voltaria nunca mais ao liceu. Ou então voltaria com um único objetivo: atirar-se sobre a primeira pessoa branca e arrancar-lhe os olhos com suas unhas pintadas.

Mas, em vez disso, Molly retornava todas as manhãs. Com os olhos abaixados, ela recebia qualquer agressão ou insulto em silêncio, o que tinha a capacidade de excitar ainda mais seus atacantes, longe de ficarem intimidados pela presença do soldado. Na lanchonete, assim que ela ou um dos outros alunos entravam, gritos animalescos vinham de toda parte, além de restos de comida e até latas de refrigerante. Uma vez, Norma Walls levou uma garrafada de Grapette Cola bem na parte de trás do crânio. O impacto foi tão forte que ela caiu com a cara dentro do prato. Todos riram ensandecidos, batendo nas mesas com os punhos e os talheres, enquanto Norma saía da sala tentando conter o sangue que começava a escorrer. As autoridades do liceu finalmente reagiram e, desde aquele episódio, os nove alunos puderam tomar seus lanches em uma sala separada. Bela integração.

Grace viu Molly desaparecer na sala de aula. Durante os poucos minutos que restavam, a garota ia esperar que a aula começasse em seu lugar habitual, em uma área onde, a partir de então, ninguém mais se sentava.

O professor entrou e Grace se sentou em seu lugar. Ela começou a tirar o material da mochila quando reparou, atordoada, que Dorothy estava indo se sentar ao lado de Molly.

—

Grace saiu do liceu às 17 horas. O céu ainda estava azul, mas a temperatura havia caído um pouco. Era o outono que se aproximava.

Ela caminhou na direção do pequeno estacionamento onde seu pai vinha buscá-los, seu irmão e ela. Um Chevrolet azul reluzente passou por ela a toda a velocidade, e Grace teve tempo de reconhecer um estudante ao volante. Ela torcia para que o pai não tivesse notado aquele furacão passar, pois isso certamente não o encorajaria a lhe dar um carro de presente quando ela tirasse sua carteira de motorista. O Chevrolet desapareceu virando a esquina, e Grace se lembrou do que tinha acabado de acontecer durante a aula de História.

Quando Dorothy foi se sentar ao lado de Molly, Grace olhou para Brook com um olhar interrogativo. Esta lhe respondeu com um pequeno e tranquilizador aceno e, durante toda a aula, Grace teve um mau pressentimento.

Contra todas as expectativas, a aula transcorreu normalmente, pontuada pelos habituais insultos e pelas injúrias racistas que circulavam pelos ares ou em pedaços de papel. Anton chegou a prometer que feriria a pele de Molly "para verificar que cor tinha seu sangue". O soldado que estava protegendo a garota encarou o jovem por alguns segundos, e ele acabou se acalmando.

Foi no final da aula que as coisas tomaram um rumo diferente. Grace havia visto claramente Dorothy *falar* com Molly. Era a primeira vez que algo assim acontecia. A pobre garota tinha ficado tão surpresa que olhou para Dorothy com os olhos e a boca bem abertos, tão expressiva como uma truta na banca da peixaria.

Então o sinal tocou e Molly saiu depressa da sala, acompanhada de perto pelo soldado.

Grace chegou ao estacionamento que ficava do outro lado da rua. Um pouco mais adiante, o motor do carro de seu pai roncava. Keith já estava lá. Ambos esperavam por ela ouvindo o rádio ou falando sobre amenidades. O pai estava sempre muito preocupado com o que se passava no liceu desde o início do ano letivo.

Grace atravessou a rua e viu o corpo de um gato que tinha acabado de ser atropelado. Seu sangue era de um vermelho reluzente, e uma espécie de substância azulada e viscosa saía de seu flanco. O corpo estremecia. Grace lembrou do Chevrolet azul e se distanciou do animal com o coração acelerado.

Molly

Como todas as manhãs, Molly acordou com a lembrança de que teria de ir para a escola novamente. Ela vestiu um robe e desceu até a cozinha para tomar café da manhã.

Com o tempo, ela pensou que a situação melhoraria no liceu, mas, ao contrário, parecia que cada dia era pior do que o anterior. A integração tinha sido legalmente sancionada, sua segurança era praticamente garantida pela presença dos soldados, mas, apesar de tudo isso, os brancos não tinham desistido. Apenas trocaram de armas.

– A estratégia deles é clara – explicou Conrad na véspera, durante o almoço. – Eles querem nos forçar a fazer alguma coisa, tentar nos provocar até que algum de nós reaja. E então...

– E então? – repetiu Madeleine.

– Quando isso acontecer... pá! Ao menor deslize, seremos expulsos. O conselho administrativo da escola está ansioso por isso. Uma vez que a lei está do nosso lado, é a única solução que lhes resta: nos expulsar por causa de um comportamento inapropriado.

– *Inapropriado*? E o comportamento deles, como pode ser definido? – perguntou Thelma num tom amargurado.

Molly suspirou. Um homem negro jamais seria julgado como um homem branco que agisse exatamente da mesma forma. Um homem branco podia insultar um negro, cuspir-lhe na cara, bater nele, pendurá-lo em um poste de luz... e ele teria sempre razão. Os negros só tinham o direito de sofrer tudo isso sem se mover.

Molly então acrescentou:

– Há ainda outra solução: desistirmos de tudo.

Ela pensou muitas vezes nisso.

Molly pegou uma tigela e talheres. Ela ainda não tinha recuperado o apetite, mas já era capaz de engolir algumas colheradas de mingau. Graças à presença dos soldados de Eisenhower, e particularmente de Danny, seu "anjo da guarda", ela já não temia por sua vida.

– Como você está? – perguntou a avó, parada na porta da cozinha.

– Como sempre – Molly suspirou olhando para a avó.

A jovem se sentou à mesa e a avó ocupou o lugar em frente à neta, vestida com sua camisola de flores lilás. E pegou suas mãos. "Negros ou não, vamos acabar todos com a pele enrugada", pensou Molly.

– Molly, não sei exatamente o que acontece com você lá... mas ainda estou lúcida o suficiente para entender que deve ser muito difícil.

Molly engoliu a saliva. Ninguém podia se colocar no lugar deles. Ninguém, a não ser os nove, sabia como era ter 15 anos e ser humilhado o dia todo. E se sentir tão... inferior. E sozinho. Com exceção da hora do almoço, Molly não tinha com quem falar. Por mais que tivesse conseguido criar uma espécie de carapaça contra os insultos, ainda não havia conseguido se habituar àquela solidão pavorosa.

A eterna pergunta que Molly se fazia ressurgiu:

– Por que eles não veem que eu sou a Molly? Por que só veem a minha pele?

– Shhhhhhh... – disse Shiri, com os olhos lacrimejando.

As palavras de Molly lhe embrulhavam o estômago. Ela se recompôs e pôs o dedo indicador no peito da neta:

– Nunca se esqueça de uma coisa, minha filha. Não é contra você, pessoalmente. É contra todos nós. Sempre foi assim.

Molly franziu a sobrancelha:

– Mas então você acha que serve de alguma coisa...

– Sim. Confio em nosso Senhor. As coisas mudam, mesmo aqui no sul. Em Montgomery, Ele pôs as mãos sobre Rosa Parks. Hoje, é sobre vocês nove, em Little Rock. Sobre você, Molly Costello.

Molly olhava a avó fixamente. Ela nunca havia pensado dessa forma. Talvez Deus tivesse mesmo colocado ela ali, naquele momento. Para que Seu propósito pudesse acontecer. Ela gostou de pensar assim, ficou aliviada. Isso significava que ela não era responsável por nada.

Uma explosão de coragem tomou conta de Molly. Hoje, mais uma vez, ela ia para o liceu. E amanhã, e depois de amanhã. Enquanto Danny estivesse lá, ela não temia por sua segurança.

E com o resto ela tinha aprendido a lidar. A avó tinha razão: era necessário ter confiança, manter a esperança. Deus não a abandonaria, não agora. E, se isso acontecesse, seria uma prova de que Ele não existia. O que era inconcebível.

Além disso, no dia anterior, aquela garota, Dorothy, não havia sorrido para ela na aula de História?

Grace

—

Eram dez da manhã e a aula estava prestes a começar. Grace e Judy chegaram juntas na sala. Grace, cuja exuberância era proporcional à discrição de Judy, agora se sentia mais perto dela do que de Brook. Esta já estava lá, apoiada em Dorothy, e as duas cúmplices estavam visivelmente impacientes. Grace mais uma vez teve a sensação estranha de que algo desagradável ia acontecer.

Ela cutucou Judy:

– Você não acha que elas estão muito estranhas hoje?

Judy concordou:

– Sim. Na minha opinião, elas estão tramando alguma coisa contra essa pobre negrinha.

Grace aproximou-se de Brook e de Dorothy.

– Oi, meninas!

– Oi! – respondeu prontamente Judy.

– Brook, adorei seu penteado!

Esta não respondeu a nada. Os olhos dela estavam fixos na gola de pele de Grace, amarrada sobre os ombros por uma fita de cetim.

– Bonita gola, Grace.

Grace sorriu. Era a terceira pessoa que a elogiava. Ela teve mil dificuldades para encontrar o acessório, mas, aparentemente, sua teimosia tinha sido recompensada.

– Onde você comprou?

Grace desenhou a resposta que havia preparado:

– É um presente do meu tio. Ele trouxe de Paris.

O que é que Brook estava pensando? Ela não ia revelar tão facilmente de onde vinha a gola que tinha sido tão difícil encontrar.

Grace mudou de assunto:

– E então, quais são as novidades? Dorothy, você vai mesmo sentar ao lado da Molly? Confesso que Judy e eu não entendemos muito bem...

Brook cortou a amiga com um olhar animado:

– Vocês são tão ingênuas!

Judy torceu as mãos nervosamente e perguntou, em um tom de voz ainda menos audível do que o habitual:

– Não, a gente só queria saber...

– Cala a boca!

Judy encolheu a cabeça entre os ombros, como se Brook a tivesse golpeado no crânio.

– Ok – disse Grace.

Ela virou de costas e voltou para seu lugar.

Os gritos começaram e Grace compreendeu que Molly havia chegado.

Quando viu que, como no dia anterior, Dorothy já estava sentada na mesa ao lado da sua, Molly hesitou por alguns segundos. Grace não sabia se seu rosto refletia surpresa, incompreensão, desconfiança ou alívio. Ou tudo ao mesmo tempo.

Molly avançou lentamente, com os olhos abaixados como de costume. Grace tinha notado que a maioria dos negros se comportava assim.

"Não admira que sejam tratados como lixo", pensou ela. "Eles nem se atrevem a nos olhar nos olhos."

Molly escorregou para a cadeira como uma enguia, evitando olhar para Dorothy, que estava completamente virada para ela.

– Grace, quer sair para beber alguma coisa depois da aula?

Grace olhou para Philip, o aluno que dividia a carteira com ela. Ele tinha a pele tão clara que era possível ver suas veias batendo na testa, e Grace o achou ainda mais assustador do que o habitual. Ela fuzilou o garoto com os olhos:

– Não.

Deixando Philip humilhado, ela se virou para Molly e Dorothy. Não queria perder nada da cena.

Após alguns segundos, Grace ouviu claramente Dorothy sussurrar:

– Então, Molly, não vai me falar "oi"?

A menina levantou a cabeça lentamente em direção a Dorothy, que sorria com a cabeça ligeiramente inclinada para o lado. Grace conhecia Dorothy muito bem e, naquele momento, sabia que seu sorriso era tudo, menos sincero. Mas o que ela podia fazer? Molly não corria nenhum perigo aparente, Dorothy jamais tentaria agredi-la no meio da sala. Com o soldado imóvel na porta, isso seria uma atitude no mínimo estúpida. Grace mordeu o lábio. Maldita integração. Seria melhor se ela não tivesse vindo hoje.

Molly esboçou um sorriso, e o coração de Grace ficou apertado ao interpretar aquilo como um sinal de gratidão e esperança. Molly sussurrou:

– Oi, Dorothy.

Dorothy então se aproximou do rosto de Molly e respondeu agarrando seu queixo:

– Quem você pensa que é? Desde quando negros dirigem a palavra aos brancos?

Ela levantou lentamente a mão fechada sobre a cabeça de Molly. E de repente, abriu-a. Uma substância preta escorreu pelo rosto da estudante e logo começou a pingar do seu queixo.

A surpresa a deixou sem fôlego. Ela levantou os braços à sua frente, soluçando, em busca de alguma coisa a que pudesse se segurar. Grace estava horrorizada. A blusa amarela de Molly, limpa e bem passada, estava manchada de tinta, da gola até o pescoço, e também nas costas.

Séria como sempre, Dorothy se levantou e deixou cair o frasco de tinta no chão:

– É isso que tem pra você, caso tenha esquecido que é *negra*.

Na sala de aula, os alunos gritavam, assobiavam, batiam as mãos e os pés. A senhora Olson, sempre impassível, bateu na mesa sem êxito. O sucesso de Dorothy havia inflamado os ânimos. Molly pediu permissão para sair da sala, o que lhe foi concedido, e, pela primeira vez, Grace esqueceu da pele negra da jovem. Ela enxergava apenas uma adolescente ferida, que ela tinha uma enorme vontade de consolar.

—

Grace abriu seu armário e guardou o livro de História. Assim como seu guarda-roupas, ele era uma verdadeira bagunça. Movendo a pilha em busca do livro de que precisava para a aula seguinte, ela se deparou com uma *Harper's Bazaar*[14] da qual já não se lembrava mais. Na capa, a modelo sorria e Grace achou seu penteado parecido com o de Dorothy.

"Dorothy, Dorothy, Dorothy" – Grace repetiu o nome mentalmente. Era estranho, mas não soou mais como antes. Ela pôs a revista de volta onde encontrou. Por mais que tentasse pensar em outra coisa, a cena da aula anterior não saía de sua cabeça. A pior parte é que ela percebeu que era praticamente a única que tinha ficado chocada. Exceto talvez Judy. Ela gostaria de ter conversado com a amiga sobre isso, mas não sabia se podia confiar nela. Judy morria de admiração por Brook e não diria nada que pudesse lhe desagradar. Além disso, se alguém as ouvisse, Grace seria considerada uma integracionista e perderia sua popularidade no liceu. Ela corria o risco de ser agredida, o que, inclusive, aconteceu com uma amiga de seus pais, que encontrou uma cruz da Klan presa no para-brisa do seu carro. Um bilhete "gentil" estava preso à cruz: "Vadia

[14] Conceituada revista feminina de moda norte-americana.

integracionista, da próxima vez, não é no seu para-brisa que vamos prender a cruz".

Tendo finalmente encontrado o livro que procurava, Grace fechou a porta do seu armário bagunçado. Ao se virar, deixou cair o livro. Sherwood estava de frente para ela. Há quanto tempo ele estava ali? Ela não o ouviu chegar. O jovem sorriu:

– Nossa, como você está nervosa!

Grace inclinou imediatamente os ombros para trás e levantou o queixo. Uma postura altiva conserta qualquer silhueta, sua mãe lhe dizia desde que ela era pequena. Sherwood sorriu com o canto dos lábios:

– Sou eu que deixo você assim?

Grace retrucou:

– Você se sente seguro demais. Fui pega de surpresa, só isso. Como você está?

– Muito bem.

Sherwood estava tão perto que ela teve a impressão de que ele ia devorá-la. Era quase assustador. Deliciosamente assustador.

O sinal tocou e Sherwood disse:

– Grace, vou ao boliche amanhã à tarde com alguns amigos. Quer ir com a gente?

Grace vibrou. Pronto, ele tinha mordido a isca. Ela respirou fundo para não o deixar acreditar que ela estava eufórica de satisfação e respondeu:

– Hummm... Por que não? Eu tinha outros planos, mas acho que o boliche pode me fazer bem.

E acrescentou, sorrindo:

– Mas já vou avisando que sou imbatível na pista.

Sherwood respondeu com uma gargalhada:

– Não esperava menos de você. Até amanhã, então. Passo para te pegar umas 14 horas.

– Eu moro...

– Não se preocupe. Já sei onde você mora.

Sherwood partiu e Grace concluiu que aquele era o melhor dia depois de muito tempo.

———

O relógio marcava 13h50. Grace já estava pronta havia meia hora e andava em círculos pela sala.

Minnie polia a mobília cantarolando. De repente parou, com as mãos na cintura. Ela apontou para o tapete com o queixo:

– A senhorita vai acabar fazendo um furo aí! Não quer se sentar um pouco? Está me deixando tonta.

Grace balançou negativamente a cabeça:

– Não, definitivamente não. Se me sentar, minha roupa vai ficar toda amassada.

– E no carro do senhor Sanders, vai ficar de pé?

– Tsc, tsc... você sabe tanto quanto eu que é a primeira impressão que conta.

Ela tinha colocado sua saia mais bonita, a branca, que também era a mais curta. Havia habilmente cacheado os cabelos de modo que eles parecessem naturais, e, para isso, Minnie tinha passado mais de uma hora lutando com o modelador.

– Mas é uma pena eu não ter um par de meias finas – lamentou Grace. – Tenho a impressão de ser a única que não pode usar uma. Por acaso você não tem um par para me emprestar?

Minnie caiu na gargalhada e levantou sua perna roliça:

– Você me imagina feito uma salsicha dentro desses negócios de *pin-up*? E mesmo que eu tivesse, com essa minha cintura de vespa, seria possível colocar você inteira dentro dela.

Grace suspirou:

– Mas não, eu quis dizer sua filha, ela não tem uma?

Minnie olhou para o teto e voltou a polir o *buffet*.

Às 14 horas e 3 minutos, a campainha tocou. Grace congelou no meio da sala.

– Droga! O que eu estou fazendo aqui? Espera para abrir a porta, vou para o meu quarto! Só falta ele pensar que eu estava esperando por ele!

A empregada viu Grace correr para o quarto, depois caminhou até a porta balançando a cabeça. Aquela menininha era impagável.

Sherwood abriu a porta do salão de boliche e convidou Grace a acompanhá-lo. Durante o trajeto de carro, ela finalmente tinha conseguido conversar com ele sem ser incomodada. O sentimento de poder que sentiu a deixou extasiada. Pena que o trajeto era curto.

Já fazia um bom tempo que Grace não punha os pés num boliche, mas ela percebeu que tudo havia permanecido idêntico a sua lembrança: o ambiente claustrofóbico, o cheiro de cera e de pipoca, o som dos pinos caindo e das bolas rolando na pista. Eles foram até um grupo de jovens estudantes. Dentre os rostos presentes, Grace reconheceu o de Lucy. Uma sensação de satisfação a dominou. Aquelazinha ia ficar roxa de raiva ao vê-la chegar com Sherwood.

Os amigos de Sherwood cumprimentaram Grace com olhares cheios de subentendidos e começaram uma partida. O calor, os olhares que passeavam por seu corpo, os cheiros, a presença de Sherwood, Buddy Holly na *jukebox*... Grace estava inebriada.

> If you knew Peggy Sue,
> then you'd know why I feel blue

Grace não tinha perdido o jeito e, depois de algumas tentativas medianas, fez quatro *strikes* seguidos.

Enquanto bebia sua cerveja, Sherwood olhava para ela admirado, o que só redobrou a confiança de Grace, que adorava se sentir admirada.

Depois de algumas partidas, Sherwood desabou em uma poltrona de veludo cinza e fez sinal para Grace se juntar a ele.

– Parece que você fez isso a vida toda – ele disse, colocando o braço no encosto da poltrona, atrás dela.

Grace sorriu. A tarde corria maravilhosamente bem. Exatamente como ela havia previsto.

Molly

—

Desde pequena, Molly sempre pensou que os *sweet* *sixteen* seriam o seu melhor aniversário. Um dia de sonho em que estaria rodeada da família e dos amigos, que viriam testemunhar a transformação oficial da adolescente em uma jovem mulher.

A festa seria preparada como manda a tradição: flores brancas, purpurina e bombas de baunilha. Quanto mais antiquado, melhor.

Inicialmente, as 16 velas seriam acesas. A primeira para os pais, a segunda para os avós, depois, o resto da família, os amigos, o namorado... até a última, para dar sorte. E, evidentemente, seu pai viria participar da festa. Molly se sentaria na grande poltrona de vime e o veria se aproximar lentamente, tentando conter a emoção paternal. Ele se ajoelharia aos seus pés, tiraria sua sapatilha e a trocaria por um delicado par de sandálias de salto alto. Para completar esse momento, Erin ligaria o toca-discos e a voz de Nat Cole se espalharia pela sala. Então, o resto do dia seria como nas matérias das revistas, entre o álbum de fotos preparado pelas amigas, as lembranças desenterradas por todos e, claro, o momento tão esperado: a valsa nos braços de seu pai.

No lugar de tudo isso, Molly estava sentada à mesa de jantar em um silêncio ensurdecedor que Erin e Shiri tentavam aliviar. No centro da mesa, um bolo grande e cremoso se destacava. Em letras de chocolate, lia-se "Feliz *Sweet Sixteen*".

Molly olhou para o relógio enfeitado com fitas brancas. Eram 18 horas. Ela se levantou e começou a arrancar as bexigas que decoravam a sala.

– Já chega. Ninguém mais virá. Vou arrumar tudo.

Shiri esboçou um sorriso forçado:

– E nós? Podemos comemorar! Não vamos desperdiçar um bolo tão bonito. Vamos comer.

Molly arrancou um arranjo de balões perolados enquanto sua mãe cortava uma grossa fatia do suculento bolo de chocolate. O clima era sinistro, e o bolo, esponjoso. A campainha a interrompeu. Molly soltou os balões, que desapareceram atrás do sofá quicando discretamente.

– Será que são a Mary e a Suzanna? Talvez elas tenham mudado de ideia!

Molly correu para a porta em seu vestido de cetim verde, que tinha comprado um ano antes especialmente para a ocasião.

Era Vince, que lhe entregou um buquê de flores. Ele estava muito bem vestido e cheirava à água de colônia de cidra.

– Entre! – exclamou Molly recuperando imediatamente seu bom humor.

Ela o acompanhou alegremente até o sofá, sob o olhar contente de Erin, que se apressou a lhes trazer uma fatia de bolo. Seguida de Shiri, ela desapareceu pela cozinha.

– Molly, eu não vou ficar muito tempo – disse Vince depois de alguns minutos.

– Espere! Podíamos ouvir música! Ou falar do seu livro!

Ela foi depressa buscar o livro e voltou agitando-o alegremente:

– Estou quase no fim! Eu gostaria muito de atravessar a América, como Sal Paradise!

Vince se surpreendeu:

– Pedindo carona? Quantos quilômetros você acha que conseguiria percorrer antes de ser violada por um caipira embriagado?

Ele não estava só brincando. Molly sempre soube de seu enorme rancor pelos brancos. Vince era um daqueles cuja revolta passava pelo ódio e pela agressividade.

Ela colocou o prato sobre a mesa:

– Você não precisa falar assim.

– Desculpe, mas não consigo evitar.

Ele também se livrou do bolo e continuou:

– Não entendo por que você está fazendo isso.

– Por que estou fazendo o quê?

– Você sabe muito bem.

Ele balançou a cabeça:

– Isso nunca vai dar certo. Eles nunca vão nos aceitar. Fala que você encontrou pelo menos um amigo lá e eu direi que você não enfrentou tudo isso à toa.

Molly desviou o olhar. Por mais que ela tivesse a impressão de que alguns brancos não se negariam a lhe estender a mão, nenhum deles havia transposto a fronteira da boa intenção.

Vince continuou:

– Tudo o que você vai ganhar com isso é humilhação e decepção. Rancor e ódio. Acho que agora você me entende.

– Chega – pediu Molly serrando os dentes. – Ou mudamos de assunto ou você pode ir embora. Estou fazendo 16 anos hoje e gostaria de pelo menos fazer de conta que estou feliz.

Vince olhou para baixo, visivelmente incomodado:

– Molly, eu... Como eu posso dizer isso? Eu tenho... é... um compromisso.

Molly sentiu as bochechas esquentarem. Que idiota ela era! Não era por sua causa que ele tinha se arrumado.

Vince prosseguiu:

– Preciso ir para a casa da Suzanna. Ela vai dar uma festa esta noite, já estou atrasado.

Uma festa na casa da Suzanna. Molly nem sequer ficou sabendo. A integração tinha definitivamente lhe roubado tudo. Será que ainda existia algum lugar para ela fora das paredes de sua casa? No liceu, os brancos queriam matá-la. E agora até mesmo os seus a abandonaram, incluindo Suzanna, sua amiga havia dez anos. Ela poderia pelo menos ter tido a decência de não organizar uma festa no dia de seu aniversário.

Vince se levantou, sem graça. Molly o acompanhou até a porta e, depois de fechá-la, começou a chorar pelos *sweet sixteen* com os quais sonharia para sempre.

Grace

Sentada no banco de couro do Oldsmobile dos Sanders, Grace estava se sentindo nas nuvens. Aquele era o último modelo, completamente redesenhado, e tinha até vidros elétricos, coisa que ela nunca havia visto. De vez em quando, ela olhava para Sherwood.

A tarde não poderia ter transcorrido melhor. O jogo tinha sido divertido e animado, os amigos de Sherwood eram muito simpáticos e as conversas foram bastante descontraídas. O único mistério agora era que atitude adotar quando ele a deixasse na porta de casa. Ele tentaria beijá-la? E, em caso afirmativo, ela deveria consentir ou seria prematuro?

– Quer ouvir um pouco de música? – perguntou Sherwood, ligando o rádio.

O veículo começou a vibrar ao som da voz de Frankie Lymon. Era raro ouvi-lo no rádio. Desde que ousou tirar uma mulher branca para dançar em um programa de televisão em julho, as vendas de seus discos haviam caído e a gravadora havia cancelado seu contrato. Grace começou a mexer o pé no ritmo da música.

– Adoro *doo-wop*[15]! Você não?

Sherwood fez uma expressão de desprezo:

– Hum... Isso é música de negros.

Grace acrescentou:

– Mas no rádio isso não fica tão evidente. Além disso, o importante é que...

De repente, Grace se calou. Quer fosse branco, preto, gordo, magro, um idiota ou um graduado em Harvard, ela pensava que era estúpido julgar uma canção com base em quem a cantava. Para ela, tudo o que importava era o prazer que sentia ao ouvi-la. Mas, mais uma vez, sentiu que era melhor não gritar seus pensamentos aos quatro ventos. Sobretudo naquela circunstância.

Enquanto a música continuava a tocar, Grace olhou discretamente sua imagem no espelho. Os cachos loiros estavam intactos. Ela fez bem em insistir com Minnie, que provou ser muito hábil com o modelador, apesar de seus suspiros e suas caretas de nervoso. Além disso, Grace pedia constantemente que ela repetisse o exercício; assim, tinha certeza de que Minnie não perderia a mão.

O carro parou num semáforo vermelho e uma jovem negra atravessou a rua. Ela usava óculos de grau que pareciam pesar toneladas e caminhava com os ombros para trás. De repente, Grace viu o rosto da garota recoberto de uma tinta preta que

---

[15] Estilo musical que surgiu na comunidade negra norte-americana nos anos 1930 e que se caracterizava por cantores que imitavam instrumentos musicais com a boca porque não tinham dinheiro para comprá-los.

escorria por suas roupas e se espalhava pelo asfalto até criar uma espécie de pântano sob seus pés. Perturbada, Grace procurou dizer algo que lhe tirasse aquela imagem do pensamento. Pronto! Ela perguntaria a Sherwood se ele já tinha ouvido falar do espetáculo que estava na moda, o *West Side Story*. Ela tinha ouvido falar que ele fazia um grande sucesso na Broadway.

– Você...

Grace e Sherwood se olharam sorrindo. Eles tinham falado ao mesmo tempo.

– Pode falar – disse Grace.

"Se possível, sempre deixar que ele escolha o tema da conversa."

– Então, eles também fizeram vocês engolirem um daqueles negros na sala?

Grace protestou mentalmente. "Ah não, de novo isso! Integração, integração, sempre integração." Ele não tinha mais nada para dizer? Sobre o baile do fim do ano, por exemplo? Ele só tinha mais quinze dias para convidá-la. Pelo menos parecia que esse assunto era mais urgente. Seu vestido e seus sapatos já tinham sido escolhidos. E, considerando o valor que pagou por eles, não havia a menor possibilidade de sair com um cavalheiro de segunda classe.

– Não tivemos sorte mesmo lá em casa. Acredita que também tem um na minha aula de Matemática?

Sherwood estava totalmente despenteado, o que lhe caía muito bem, por sinal. Grace respondeu a contragosto, irritada:

– Sério? Como ele se chama?

– Conrad Bishop. O único que está no último ano. Se eles acham que um negro pode se formar no Liceu Central, estão completamente loucos. Onde eles pensam que estão? Na cidade daqueles nova-iorquinos imbecis? Acredite em mim, vamos expulsá-los de lá.

O sinal ficou verde e ele afundou o pé no acelerador. O carro entrou na rua da casa de Grace, que era cheia de olmos e de álamos. Grace sentiu o coração acelerar à medida que a velocidade do carro diminuía. O momento crucial se aproximava. Quando o Oldsmobile parou, Grace suspirou fundo. Discretamente e eficientemente.

Quando terminou, pôs as mãos espalmadas sobre a saia. Ela havia acabado de tomar sua decisão: não permitiria que ele a beijasse no primeiro encontro. Não se tratava de ser antiquada, mas de calcular cada passo. Ela o cozinharia um pouco. Até Minnie a havia aconselhado a fazer isso.

– Bom... Obrigada, Sherwood! Eu tive uma tarde muito agradável.

O jovem desligou o carro e colocou o braço sobre o encosto do banco do passageiro. Grace podia sentir seu hálito: menta, Coca-Cola e tabaco.

– Eu também.

Ele se aproximou mais um pouco e Grace se apressou em abrir a porta antes que acabasse mudando de ideia. Senhor, ela estava louca de vontade de ser beijada por ele! O que, aliás, lhe teria permitido se exibir na segunda-feira, quando voltasse para o liceu. Ela estava ansiosa para ver a cara das outras garotas.

Sherwood a observou descer do carro, visivelmente frustrado.

– Então, até segunda?

Grace acenou com a cabeça. E ele completou:

– A gente se encontra no Roof Garden Café no almoço?

– Pode ser.

Grace estava ansiosa para contar tudo a Minnie. Ela caminhou pelo corredor e percebeu que o corniso estava com um belíssimo tom escarlate.

Em seguida, caminhou para casa com passos acelerados, levada pelo vento.

QUARTA-FEIRA, 18 DE DEZEMBRO DE 1957

A Gazeta do Arkansas
LICEU CENTRAL: ELES SÃO APENAS 8!

Ontem, no meio do dia, ocorreu uma grave discussão no refeitório da escola. Testemunhas relatam que Sincerity Brown, que pertence ao grupo de nove alunos que ingressaram no Liceu Central setembro passado, derrubou sua tigela de chili na cabeça de um estudante do terceiro ano.

"Não podemos tolerar tal comportamento em nossa escola", declarou Leroy Thomson, o diretor da escola. O conselho administrativo tomou imediatamente as providências necessárias para expulsar a jovem estudante.

Em um comunicado especial, a presidente da Liga das Mães Brancas, Kathy Sanders, ressaltou que esse acontecimento apenas confirma a inutilidade do projeto de integração.

"A coexistência de nossas duas raças não é natural", ela explicou. "Os negros são perigosos e não controlam seus impulsos."

Grace

Grace apertou o passo. Ela tinha combinado de encontrar Sherwood na casa dele e estava ansiosa para chegar, principalmente porque seus sapatos novos estavam massacrando seus calcanhares.

Alguns dias depois do jogo de boliche, ele a convidou oficialmente para o baile de fim de ano, e Grace compreendeu que havia ganhado o jogo. Ela tinha decidido que o momento de permitir que ele a beijasse havia chegado. Para dizer a verdade, foi ela quem deu o primeiro passo. Depois do almoço, ela se jogou nos braços dele para realizar logo o desejo dos dois. O beijo tinha sido longo e bem executado, exatamente como ela queria. Sherwood sorriu, visivelmente feliz com o que ele classificava como espontaneidade.

Grace passou pela varanda da casa dos Sanders, que estava deserta. Nem sequer uma folha morta sobre a madeira envernizada. Uma vez, Martha esqueceu de recolher três copos de laranjada que estavam sobre a mesa de centro, e a senhora Sanders deu-lhe uma bronca memorável. Grace se lembrava muito bem daquela situação, pois tinha ficado extremamente incomodada. Com a louca da Katherine Sanders, não com Martha.

Grace pôs o dedo na campainha e percebeu que seu coração estava menos acelerado do que das outras vezes. Era o mesmo refrão: sempre que saía oficialmente com alguém, a coisa imediatamente tomava um rumo menos emocionante. E pensou em sua mãe e em todas essas mulheres que, todas as manhãs, abriam os olhos e tinham certeza de ver sempre o mesmo parceiro ao lado delas. Fez uma careta de desgosto. Aquilo lhe parecia tão... comum.

Foi Brook quem veio abrir. Mais uma vez, ela estava usando um vestido novo, e Grace se consolou pensando que ele não lhe caía bem. Desde o episódio da tinta, Grace havia se afastado de suas duas melhores amigas sem que isso fosse claramente afirmado. Brook havia percebido. Grace sentia que ela estava distante.

– Ah, é você. Sherwood disse que você viria.

Grace sorriu e respondeu:

– Bom dia, Brook. Estou bem, obrigada.

"Ai, droga", ela pensou, divertindo-se com a situação. "Não consigo mesmo ficar quieta." E continuou:

– Sim, o seu irmão me convidou. Ele está?

Brook respondeu:

– Ele está no telefone. Pode esperar na sala.

Caminhando à frente de Grace, ela prosseguiu num tom irônico:

– A não ser que você prefira nos ajudar? Mamãe e eu estamos preparando a reunião da liga desta noite. Aquela negra estúpida fez exatamente o que deveria com o chili.

A liga estava longe de desistir do jogo. Depois de lançar uma angariação de fundos com o objetivo de "persuadir" alguns soldados a serem "menos cuidadosos" com a segurança, por exemplo, no topo das escadas, elas agora moviam céu e terra para que a experiência integracionista não se repetisse no próximo ano letivo. Dessa perspectiva, o comportamento de Sincerity caíra como uma luva. Qual é a melhor prova da incapacidade desses negros de se controlar? Da incongruência da presença deles no meio dos brancos?

Grace respondeu, igualmente irônica:

– Ah, não sei se eu seria de grande ajuda. É melhor mesmo eu esperar na sala.

Agora que ela e Sherwood estavam juntos, ela não via mais sentido em manter laços com Brook.

– Como quiser.

Brook desapareceu no corredor e Grace caminhou distraidamente em direção à sala indicada. Pensando bem, Brook andava a ignorá-la havia um bom tempo. Ela não sabia exatamente quanto tempo, mas isso certamente começou antes do início do ano letivo. Deve ter acontecido pouco a pouco, como quando acordamos uma manhã e percebemos que já não somos crianças.

Que pena, elas se davam tão bem! As noites passadas sonhando com suas vidas futuras ou criticando todas as meninas do liceu. As roupas que emprestavam uma para outra. As férias, quando eram menores. Um ano, os Sanders levaram Grace para esquiar nas Montanhas Rochosas. Ela passou a semana toda com o traseiro molhado, mas se divertiu muito.

Sherwood a recebeu na porta da sala. Ele a pegou pela cintura e deu-lhe um beijaço.

– Você está ainda mais bonita que ontem.

Grace respondeu de imediato:

– Espera até me ver amanhã.

Sherwood voltou a beijá-la, com os olhos cheios de impaciência.

– Posso pedir uma coisa? Espera mais uns minutos, preciso dar um telefonema. Depois a gente vai dar uma volta na cidade. Que tal patinar no gelo?

Grace concordou, ligeiramente ofendida. O que era importante o suficiente para que ele a fizesse esperar?

Sherwood desapareceu na direção do *hall* de entrada. Grace entrou na sala e começou a examinar os enfeites. Tudo estava sempre tão limpo e arrumado que dava até vertigem. Depois de alguns minutos, ela ouviu a voz de Sherwood ressoando no escritório de seu pai. Ela estava morrendo de curiosidade de saber com quem ele falava e não demorou muito para decidir. Tudo à sua volta parecia calmo. Brook e sua mãe deveriam estar na sala de jantar, e Grace imaginou que elas estariam concentradas na redação do próximo discurso, procurando pela expressão perfeita que atingiria em cheio seu alvo.

Lentamente, na ponta dos pés, Grace saiu da sala e caminhou pelo corredor prendendo a respiração. Ainda bem que o chão não era de taco. Ela parou um pouco antes do escritório do senhor Sanders, atrás de um armário grande que cheirava a madeira encerada.

Tentou se concentrar para ouvir. De onde estava, ela não podia ver Sherwood, mas entendeu que ele havia colocado a mão na frente do aparelho. Longe de a desencorajar, isso só aguçou sua curiosidade. Dois telefonemas consecutivos. Com quem ele falava? Era melhor para ele que não fosse com Lucy. Desde o início, Grace não tinha ido com a cara dela. Ela não a suportava. Era uma sensação física.

Alguns segundos depois, quando seu ouvido se adaptou, ela captou alguns fragmentos da conversa.

Ela entendeu "pegar" e "o negro do Jim Crow". Havia também duas palavras que ela tinha interpretado como "Klan" e "andaime", mas, pensando bem, poderia muito bem ter sido "quando" e "amanhã de manhã".

Quando ouviu Sherwood saudar seu interlocutor, ela correu de volta para a sala, rezando para que seu rosto não denunciasse seu incômodo. Ela então pegou a réplica de um ovo Fabergé, que fingiu observar em detalhes. Um ovo rosa incrustado com um relógio e um galo de penas verdes, vermelhas e amarelas em cima. Francamente, aquilo era grotesco.

– Desculpe – disse Sherwood ao se aproximar. – Agora prometo que vou ficar com você.

Grace esboçou um sorriso forçado. Por mais tolerante que fosse, havia coisas que estavam além do seu alcance. Se Sherwood tivesse alguma coisa a ver com a Klan, como é que ela poderia amá-lo?

Se ao menos ela descobrisse isso *depois* do baile, seria poupada de fingir durante toda a noite. O assunto talvez ofuscasse seu brilho e a impedisse de ser eleita a rainha do baile.

Ela mordiscou o lábio. Sua curiosidade acabaria estragando tudo.

Molly

___

Foi quando estudava em Horace-Mann, no ano anterior, que Molly tinha ido a seu primeiro baile de fim de ano. A festa não havia sido tão pomposa como as que pareciam acontecer nas escolas dos brancos, mas Molly tinha uma lembrança colorida dela. Todos tinham participado levando flores, fitas e balões, amarrando tecidos em torno das cadeiras, limpando as janelas, sacudindo as cortinas. Apesar do cheiro amargo, que não tinham conseguido mascarar, o refeitório estava irreconhecível. Molly havia passado a tarde toda na casa de Suzanna, onde se maquiaram, se pentearam e riram. Então, às seis e meia em ponto, seus acompanhantes foram timidamente buscá-las. Eram dois colegas de classe muito simpáticos, mas nenhuma delas nutria qualquer sentimento especial por algum deles. Elas os seguiram com o coração tranquilo debaixo dos vestidos.

A abertura da noite foi uma adaptação vanguardista de *Hamlet* feita por estudantes do primeiro ano. Depois, a música começou. Frankie Lymon, Bill Haley and His Comets, Gene Vincent. Molly dançou prazerosamente na pista, enquanto

Suzanna bebia ponche contrabandeado por um estudante por quem ela tinha uma queda havia algum tempo. No meio da noite, Molly encontrou a amiga inclinada sobre a pia do banheiro, completamente bêbada. Então a levou para fora da festa para tomar um pouco de ar e tentar deixá-la sóbria. Lá, fez Suzanna se sentar em um banco de ferro, debaixo de um grande carvalho. Ao lado dos gemidos da amiga, Molly encheu seus olhos com a escuridão da noite, através dos galhos congelados. Foi quando conheceu Vince. Ele apareceu do nada e observou Suzanna antes de declamar, imitando o príncipe da peça de Shakespeare:

– Beber ou não beber, eis a questão.

Molly riu. Depois detalhou o rapagão que parecia ter crescido muito depressa. O corpo longo e esbelto, quase frágil, contrastava com a confiança que sua expressão facial transmitia. Ele não era muito bonito, mas a irregularidade de seus traços tinha algo de atraente.

Quase um ano depois do primeiro baile, Molly estava ocupada lavando roupa com sua mãe. Enquanto dobrava um tecido branco, pensou que, ao mesmo tempo, os 2 mil e 500 alunos do Liceu Central deviam estar ocupados com os últimos retoques de suas roupas do baile de fim de ano, que todos diziam que seria sensacional. Os casais mais famosos certamente estavam caprichando para o caso de terem que se exibir sob os holofotes durante a escolha do rei e da rainha da noite.

Mas Molly não se sentia amargurada por ter de ficar em casa enquanto outros se divertiam durante horas. As férias de inverno estavam começando e essa perspectiva era suficiente para deixá-la feliz. Ela precisava dessas duas semanas para descansar de toda a tensão do último trimestre. A expulsão de Sincerity, alguns dias antes, havia manchado um já suficientemente complicado cotidiano. Se ela não fosse reintegrada, como Molly temia, a situação só pioraria, e os brancos só teriam uma ideia: repetir o feito até não sobrar mais nenhum deles. Além disso, Molly havia acumulado um considerável atraso nas aulas: tomar notas enquanto se defendia constantemente não facilitava a aprendizagem. Então ela planejou estudar muito, estudar intensamente durante todas as férias, se fosse necessário. Isso era fundamental se ela não quisesse ser reprovada.

– Sua avó reservou um peru para o Natal – anunciou Erin, sacudindo uma blusa vigorosamente. – Convidei o meu irmão e minhas irmãs. Sua prima Mae também vem. Você me ajuda a preparar o jantar?

– Pode ser.

Erin continuou, em um tom leve:

– Você fica responsável pelos *eggnogs*[16]. De nós três, você é quem sabe fazer melhor.

Molly balançou a cabeça afirmativamente e Shiri acrescentou, aproximando-se:

– E, acredite em mim, o primeiro que falar de integração eu coloco para fora a vassouradas! Natal é Natal!

---

[16] Bebida de inverno muito popular nos Estados Unidos, à base de ovos, nata, leite e rum. Parece um pouco com a nossa gemada.

Grace

Grace acordou num sobressalto, como na noite anterior.
Ela colocou imediatamente as mãos no rosto antes de perceber, aliviada, que não estava coberta de tinta preta. No pesadelo, o líquido era espesso e pegajoso. Tinha entrado em suas narinas e escorria por sua garganta, sufocando-a.

Com os olhos arregalados no escuro da noite, Grace escutava o silêncio. Depois, acendeu um abajur e caminhou mecanicamente até a penteadeira. As pequenas flores do papel de parede estavam cobertas pelas sombras disformes dos objetos do quarto. Era uma noite bastante peculiar.

Ela desabou sobre um pequeno banco forrado com franjas. Maquinalmente, pegou a escova e começou a pentear os cabelos enquanto olhava fixamente seu reflexo. Seguiu se penteando por um bom tempo, até que seu rosto lhe pareceu desconhecido, até seus olhos parecerem meros buracos negros.

De repente, parou seu movimento.

Havia dois dias ela tentava esquecer o que havia escutado da conversa de Sherwood. Tinha tentado ocupar sua mente assistindo a *Richard Diamond*, uma nova série pela qual seu irmão estava fissurado. Folheou desesperadamente suas revistas, gastou uma soma astronômica em presentes de Natal, provou todo o seu guarda-roupas e espetou 34 cravos na laranja para ajudar Minnie. Mas era melhor admitir. Ela era capaz de fazer muitas coisas, menos se livrar de seus pensamentos.

Ela não fez nada quando Dorothy jogou a tinta na cabeça de Molly Costello. Desta vez ela não se omitiria. Tudo levava a crer que o plano seria muito mais violento. Especialmente porque, nesse tipo de emboscada, tudo pode acontecer muito rapidamente.

De todo modo, ela já tinha colocado um ponto final em sua história com Sherwood. Quando o via sob os olhares das outras pessoas, ainda o achava extremamente atraente. Mas quando estava sozinha com ele, por mais que tentasse se concentrar, não sentia mais cócegas no estômago. Sem contar que o baile de fim de ano já havia passado e ela teve seu momento de glória ao surgir acompanhada do garoto mais cobiçado do liceu. Ela olhou para a delicada tiara dourada que havia usado sobre o penteado. Eles tinham sido eleitos "rei e rainha do Liceu", e ela havia sido fotografada de todos os ângulos, como uma atriz de cinema, ao mesmo tempo invejada e odiada.

As aulas voltariam em poucos dias. Assim que soubesse um pouco mais sobre o que Sherwood estava tramando, terminaria com ele.

Grace abriu a torneira da banheira e pôs uma grande quantidade de espuma de banho. Enquanto observava o nível da água subir, pensava no primeiro dia de aula que a aguardava. Ela não tinha o direito de cometer nenhum erro, embora, para seu grande desgosto, houvesse certos fatores em seu plano que não podia controlar.

Então decidiu que o banheiro seria o local mais apropriado. Era o único lugar em que Grace poderia não ser vista falando com Molly Costello e onde a estudante entraria sem seu soldado. É claro que ela contava com a hipótese incerta de que Molly entrasse espontaneamente, a fim de satisfazer uma necessidade natural de seu corpo. Além disso, em qual ela iria? Eles se espalhavam pelos quatro cantos do liceu. Então Grace decidiu que ficaria no banheiro localizado no caminho da sala de aula. Pela lógica, Molly passaria necessariamente por ele e, nesse momento, ela daria um jeito de atraí-la para dentro sem que o soldado percebesse.

Enfim, esse era o cenário ideal. O que aconteceria se Molly decidisse seguir por outro caminho? E como ela faria para desviar a atenção do soldado? Certamente não seria com cascas de banana espalhadas pelo chão.

Grace entrou na banheira e mergulhou na água. E se seu plano fracassasse? Se não conseguisse falar com Molly?

Ela voltou à superfície com o corpo coberto de espuma. Em último caso, poderia tentar falar com um dos outros oito. O problema é que ela não conhecia seus horários e não havia a menor possibilidade de ser vista conversando com algum deles. Isso despertaria muita suspeita e seria perigoso demais.

Grace chegou ao liceu meia hora antes do habitual. Seu irmão a olhou como se ela fosse uma demente quando anunciou que tomaria o ônibus.

– Hein? Mas em cinco anos você nunca botou os pés em um! Não pode esperar o papai nos levar?

Grace fez um sinal negativo com a cabeça. Com o pretexto de fazer pesquisa para um trabalho pela manhã, ela murmurou que, de outro jeito, era impossível.

Quando o ônibus a deixou em frente à escola, Grace não perdeu tempo. Correu para o banheiro e ficou escondida atrás da porta, depois de abrir todas as cabines para se certificar de que estava realmente sozinha.

– Sete e 36. Perfeito! – ela disse ao consultar o relógio prateado. – Acho que vou conseguir.

Depois de alguns minutos, os corredores começaram a se animar. Atrás da porta entreaberta, Grace via professores e alunos passarem.

Mark Hellman, que era o responsável pela Central Wave, a rádio do liceu; a senhora Wile, professora de Botânica com um aspecto tão sem vida quanto seus cabelos; alguns grupos de garotas que riam ou conversavam; um rapaz em quem ela nunca havia reparado e que parecia tão feliz quanto um salmão debaixo de uma rodela de limão; Bettie Kaplan, sob uma maquiagem horrenda em tons de azul, e que diziam que saía com todos os caras que lhe davam "oi". Grace pensava que seu vestido a fazia parecer um balão de ar quente quando uma mudança na atmosfera sonora a avisou que uma das estudantes negras chegava:

– Volte para a sua plantação de algodão!

Grace rezou para que fosse Molly.

– Ei, vejam! Alguém abriu as jaulas do zoológico! Um *macaco-costello*!

Era mesmo Molly quem se aproximava. Grace respirou fundo. Com a mão na porta, ela estava pronta para agir. Passou a cabeça pela porta entreaberta e viu que o soldado estava alguns passos atrás da garota.

Outro grupo começou a insultar Molly. Grace parou de se mover, encorajando-os mentalmente a continuar. Os insultos talvez fossem sua única chance de êxito.

– Saiam da frente, deixem a negrinha do 3º ano passar!

– Vamos jogar um pouco? O primeiro que conseguir acertá-la não paga uma rodada!

Os alunos gritavam, ignorando sumariamente a presença do soldado. Quando ele parou de frente para os alunos, virando as costas para Grace, ela se apressou para chamar Molly.

A menina congelou diante de Grace, ao mesmo tempo surpresa e angustiada. Grace esticou o braço para agarrá-la pela manga. Segurando o tecido com firmeza pelo punho apertado, ela puxou o mais forte que pôde, levando Molly para dentro do banheiro e fechou a porta. A garota tentou gritar.

– Sssssshhhhh! – murmurou Grace enquanto tapava a boca da colega de classe.

Não era o melhor momento para elas serem vistas. Felizmente os corredores estavam barulhentos. Molly tentou se livrar das mãos de Grace, que a segurava com firmeza. Ela nunca tinha percebido que aquela garota era maior que ela.

Pensando melhor, todo mundo era maior que ela.

– Shhhhhhhh – Grace repetiu vigorosamente. – Olha para mim! Fica calma! Não quero te fazer mal.

Molly continuava com os olhos arregalados e em pânico, perguntando-se em que armadilha havia caído. Grace quase conseguia ouvir os batimentos do seu coração. A menos que fosse o dela própria.

– Vou tirar a mão, mas você não pode gritar. Entendeu?

Grace confiava em seu poder de persuasão. Ela tirou a mão lentamente. Depois, num reflexo, limpou-a na saia. Minnie, sua empregada, era limpinha, mas ela não podia garantir que os outros também fossem. A vida toda ela foi avisada sobre as doenças que os negros transmitiam.

Grace sabia que Molly não seria a primeira a falar. Um negro nunca dirigia a palavra a um branco sem que fosse convidado a fazê-lo. Ela começou:

– Você me reconhece? Meu nome é Grace Anderson. Estamos na mesma turma de História e Educação Física.

Molly acenou afirmativamente. Grace viu o reflexo delas no espelho, bem de frente para ela, colado à parede de azulejo cinza. Uma mulher branca, quase agarrada a uma negra. Visão totalmente incoerente. De repente, percebendo que ela poderia ser descoberta em uma situação que nunca conseguiria justificar, continuou:

– Preciso ser rápida. Me escuta. Acho que alguma coisa muito ruim vai acontecer. E tem a ver com Conrad Bishop. Não me pergunte como eu sei. Eu sei, é isso.

Molly a olhava incrédula.

– Por que ele exatamente? Somos sempre *todos* visados, não?

– Ele é o único que está no último ano. Ninguém quer vê-lo formado no Liceu Central. Não sei exatamente onde vai acontecer, nem quando. Só sei que estão tramando alguma coisa. É melhor você alertá-lo.

– Mas temos os soldados para nos proteger.

– Talvez isso aconteça fora do liceu. Ou no banheiro. E fale pra ele... ficar longe dos andaimes.

– Andaimes?

– Sim, não sei, talvez haja algum por aqui... o liceu é grande. Em todo o caso, fale para ele ter cuidado e preferir os espaços abertos.

– Estamos sempre atentos. Ficamos sempre em espaços abertos.

– Desculpa, não sei mais nada. Só queria avisar você.

Grace mordeu o lábio. Ela queria tanto saber mais. Tentou por diversas vezes falar com Sherwood, mas acabou desistindo. Ele não era idiota e estava começando a desconfiar de suas perguntas, e ela tinha medo de que ele suspeitasse de alguma coisa.

Foi graças a seu irmão que sua investigação avançou. Inocentemente, ela perguntou se ele sabia se algum dos alunos tinha sido apelidado de "Jim Crow" no liceu. Ele encolheu os ombros ao responder, como se fosse óbvio:

– Conrad Bishop. Ele parece, não é? Sempre encostado na parede do banheiro.

Molly franziu as sobrancelhas:

– Mas por que eu deveria confiar em você? Por que uma branca estaria do nosso lado?

Grace olhou novamente no fundo dos olhos dela, o azul no preto. Ela pensou em uma série de argumentos, mas respondeu simplesmente:

– Não estou do lado de ninguém. Só do meu.

Alguns segundos depois, Grace empurrou a porta do banheiro. Quem abriu foi Judy e, com um sangue frio que a surpreendeu, Grace agarrou seu braço. Como foram as festas de Natal? Ela ganhou o Youth Dew, famoso perfume de Estée Lauder – cravo, ilangue-ilangue e cravo-da-índia – e também um novo modelador de cachos superprático de usar.

Ela fingiu ouvir Judy fazer a apresentação de seus presentes, rezando mentalmente para que a garota não tivesse visto nada dentro do banheiro.

Molly

___

A porta do banheiro fechou. Molly não estava totalmente convencida da sinceridade da branquelinha. Em primeiro lugar, Grace Anderson era bonita e popular. Sempre enfiada nos banheiros se maquiando ou se penteando. Foi eleita rainha do baile de fim de ano. Em suma, nada a ver com a ideia que fazia das progressistas. E, acima de tudo, ela era amiga de Brook Sanders e de Dorothy Mitchell, por mais que ela tivesse percebido que, havia algum tempo, a relação delas tinha esfriado ligeiramente. Porém, o que ela contou parecia mais do que plausível. O fato de que o alvo fosse Conrad era bastante crível. Se alguma coisa acontecesse com ele, Molly não se perdoaria. E se acontecesse hoje? Se ele também estivesse sendo esperado no banheiro? Alguns não tinham medo de nada, pois estavam acostumados a agir contra os negros e ficar impunes.

Molly olhou para o relógio. Faltavam dez minutos para começar a aula de História, o que era suficiente para conseguir falar com ele. Se ela fosse rápida. Ela saiu do banheiro e procurou imediatamente a proteção de Danny, mas não o encontrou.

"Droga", ela pensou. "Ele não deve ter me visto entrar aqui quando Grace Anderson me puxou pelo braço. Onde será que ele está?"

Rapidamente avaliou os diferentes cenários que se apresentavam. Mas o tempo estava passando e ela decidiu procurar Conrad sozinha. Não lhe restava muito tempo.

Molly cruzou com um grupo de garotas com ar hostil. Angustiada com a ideia de que era a primeira vez depois de muito tempo que ela se encontrava sem o soldado que a protegia, começou a correr. No caminho, os insultos vinham de toda parte, mas Molly reparou, incrédula, que ninguém parecia querer agredi-la. Talvez eles finalmente tivessem se acostumado.

Três minutos depois, Molly chegou à frente da sala de Conrad Bishop e alguém lhe aplicou uma rasteira. Ela desabou no chão.

Quando levantou a cabeça, um estudante a olhava com ar de satisfação.

Voltando a ficar sério, ele lhe disse:

– O que você quer aqui? Acha que o degenerado do Jim Crow já não é o suficiente para nós?

Um dos amigos dele se aproximou e chutou sua costela:

– Então, tem gente que fica mais saidinha quando o soldado não está perto! Sai daqui, negrinha.

Molly se contorceu de dor. Se Deus estava mesmo ao seu lado, por que Ele se dava ao trabalho de tornar as coisas tão difíceis para ela?

Conrad Bishop correu para ajudá-la a se levantar enquanto o soldado que o acompanhava dispersava os dois garotos.

Molly aproveitou esse momento para dar o aviso a Conrad. Ele a agradeceu com um sutil sinal com a cabeça:

– Obrigado! Você foi muito gentil.

– Você vai tomar cuidado? De manhã e à noite, quando descer do carro, antes de encontrar o soldado?

Conrad deu de ombros:

– Mas você sabe, com ou sem soldado, se eles realmente quiserem me bater, eles vão conseguir. Sei que sou um alvo especial. Tate já me avisou. Eles farão de tudo para não ter um negro formado no final do ano.

Ele colocou a mão no ombro dela:

– Tome cuidado também. Se não me apanharem, podem ir pra cima de um de vocês. Seria sempre um a menos.

Dez dias depois, Madeleine Stanford foi violentamente empurrada escada abaixo. A queda foi grave, e a menina permaneceu em coma vários dias.

A imprensa espalhou a notícia, detalhando a gravidade dos ferimentos, informações imediatamente transmitidas em outros estados por várias associações. Recuando, e por medo do que poderia ser dito, o conselho administrativo se protegeu de uma reação. O estudante que havia cometido o crime – que foi difícil encontrar, uma vez que nenhum estudante queria testemunhar – tinha sido suspenso por alguns dias.

Molly não sabia se podia considerar a queda de Madeleine como uma mera coincidência. De todo modo, ela achou por bem acreditar na sinceridade da garota branca.

Quando Madeleine saiu do coma, Molly tomou coragem e se aproveitou de um momento em que ninguém as observava para agradecer a Grace Anderson "por ter tentado".

A jovem branca sorriu para ela e lamentou o que tinha acontecido. Molly não leu qualquer sinal de desprezo ou animosidade em seu olhar. Elas trocaram algumas palavras de igual para igual. Por medo de parecer ridícula, Molly não se atreveu a lhe dizer o quanto esse simples fato a motivava a seguir em frente.

Grace

A essa hora do dia, o Roof Garden Café estava cheio de estudantes. A comida não era muito melhor do que a do refeitório do liceu, mas o clima descontraído fazia dele o lugar favorito para qualquer um que se importasse com popularidade.

Grace criou o hábito de se encontrar lá com Sherwood e os amigos para jogar conversa fora, comentar os sanduíches e petiscos sem graça, preparados às pressas.

Ela abriu caminho entre as mesas e os banquinhos de couro azul, acenando para alguns alunos do liceu ao passar. Uma garota meio gorducha deixou cair seu copo de refrigerante, que quebrou aos pés de Grace, e ela a fuzilou com o olhar. Por pouco sua saia não ficou completamente manchada.

Num canto do café, Sherwood a esperava tentando bater seu recorde pessoal no fliperama. Ao vê-la, ele abandonou imediatamente a partida, o que deixou Grace profundamente irritada. Ela odiava os homens que se comportavam como cachorrinhos.

Ele a cumprimentou com um beijo molhado.

– Oi, *sweetie*.

– Oi, Sherwood – respondeu Grace com frieza.

Mas a culpa não era dela. Ela tinha a impressão de ter sido beijada por uma carpa.

Então sorriu para Sherwood tentando se concentrar em seus traços masculinos e delicados. Por que diabos ele a irritava tanto havia alguns dias?

– Quer tomar alguma coisa?

Grace assentiu e varreu a sala com os olhos à procura de uma mesa desocupada.

Alguns minutos depois, quando estavam sentados, uma garçonete veio anotar o pedido.

Grace escolheu um *club sandwich* e uma água com menta, e Sherwood pediu seu habitual sanduíche com manteiga e pasta de amendoim.

A conversa começou tratando das últimas fofocas. Por acaso, Grace sabia que uma estudante do último ano tinha tentado flertar com um professor de Química durante o baile do final do ano?

Em outra época, Grace teria adorado saber desse tipo de notícia. Mas ela ouvia a voz de Sherwood sem de fato se interessar pelo que ele dizia e se perguntava como ele reagiria quando ela lhe dissesse que queria terminar. Por favor, nada de escândalos. Ela não queria que ele fizesse um drama no meio da lanchonete.

Sherwood tinha mudado de assunto:

– Francamente, não entendo como o conselho administrativo deixou isso acontecer.

– Hummm... do que você está falando?

– Aquela negra, a Sincerity, foi reintegrada! Mas o que será que deu na cabeça do diretor? A minha mãe está preparando...

Grace o interrompeu:

– Olha, Sherwood, a gente precisa conversar.

A garçonete atravessou a conversa colocando os pratos na mesa:

– Prontinho! Um *club* e uma manteiga de amendoim. Dois dólares e 50.

Sherwood entregou as notas sem dizer nada. Quando a garçonete lhe deu o troco, ele sussurrou:

– Tenho a sensação de que devo ficar preocupado. Estou certo?

Grace mexeu o canudo no xarope, para que a hortelã se misturasse com a água, e o olhou com ar de confirmação:

– Sinto muito.

Sherwood a interrogou:

– Mas por quê? Não estamos bem juntos? Somos o casal mais bonito do liceu, todo mundo tem inveja de nós!

Grace empurrou o copo repetindo:

– Sinto muito, Sherwood. Não é nada com você, é...

E se calou. Ela não queria se rebaixar usando todos aqueles clichês aflitivos. Se ao menos ele tivesse empurrado Madeleine escada abaixo, ela poderia argumentar que detesta violência. Mas não. Mesmo que ela suspeitasse fortemente do envolvimento dele e não abandonasse a ideia de conspiração contra Conrad Bishop, ela não poderia acusá-lo sem provas.

Sherwood pegou seu sanduíche e se levantou sem olhar para ela.

"Bem, é isso, acabou", pensou Grace, tomando um gole da sua bebida doce.

—

Dezoito horas. As aulas chegaram ao fim. Em meio ao mar de estudantes que saía do liceu, Grace viu Molly Costello. Ao lado de seu soldado, ela seguia adiante, imperturbável, enquanto atrás dela um estudante do primeiro ano a seguia imitando o caminhar de um macaco. Meu Deus, aquilo era tão infantil! E cansativo também.

Grace apertou o passo para alcançar Molly. Ela lhe sorriu e fez um aceno encorajador.

– Até amanhã, Molly! – ela disse bem alto, antes de passar por ela e caminhar em direção à saída, com a cabeça erguida.

Não era a primeira vez que ela lhe dava claros sinais de apoio. Na semana anterior, ela chegou a avisar Molly de que sua cadeira estava coberta de manteiga de amendoim misturada com vidro triturado. Ao entrar na sala, Molly escolheu outro lugar para se sentar. Grace tinha ficado feliz com a decepção de Anton, que acreditava ter preparado muito bem sua farsa.

Os outros podiam pensar o que quisessem, ela não se importava mais. Em menos de dois meses, o ano letivo terminaria e, depois disso, ela tinha a intenção de fugir daquele lugar.

Fora de cogitação continuar estudando no Liceu Central. Ela se sentia cada vez mais isolada. Até Judy a abandonara, preferindo se aproximar de Brook, a quem seguia por todo lado como um lacaio. Que falta de personalidade!

Só havia uma coisa que incomodava Grace. Agora que ela havia cortado relações com Brook, Dorothy e Judy, ela não teria a alegria de fazer inveja a elas com a festa que daria no verão em comemoração aos seus *sweet sixteen*.

—

Grace ouvia a melodia dos saltos de suas botas batendo na calçada. Ela sempre gostou de sapatos que faziam barulho e aquele par produzia um estalo perfeito. Ela enfiou as mãos nos bolsos de sua pelerine. Era março e ainda estava frio, mas as temperaturas estavam começando a subir. Mais algumas semanas e ela poderia usar vestidos lindos e leves.

De repente, Grace teve a desagradável sensação de estar sendo observada. Ela olhou para trás. Tudo parecia normal. Na calçada, do outro lado da rua, uma mulher que passeava com seu cão obeso virou a esquina. Um carro passou por ela em alta velocidade.

Grace caminhou mais alguns metros. Seus passos soavam estranhamente. Estranho demais para serem apenas os dela, não? E se fosse Sherwood? Desde que o deixou, ele nem sequer havia falado com ela. Olhou para trás mais uma vez. Nada além de penumbra e luzes de postes.

Talvez estivesse imaginando coisas.

"Nada pode me acontecer aqui", ela sussurrou para se tranquilizar. "Há sempre carros circulando, ninguém seria louco o suficiente para atacar alguém."

Ela não estava muito longe do estacionamento onde seu pai a esperava e estava ansiosa para encontrar o calor do veículo – apesar de que, a essa altura, seu pai provavelmente já teria fumado três cigarros enquanto a aguardava, e ela precisaria lavar novamente os cabelos, que ficam sempre empesteados de fumaça.

Tudo aconteceu muito rápido.

Grace sentiu alguém puxá-la pelo casaco e depois foi carregada por braços fortes. Ela tentou gritar, mas seu grito ficou preso na garganta. Carregada por um gigante, ela sacudia desesperadamente as belas botas no meio da noite escura.

A figura colossal a levou para um beco estreito em que havia um forte cheiro de urina. Enquanto ele segurava seus braços torcidos atrás das costas, ela sentia outras mãos a amordaçarem firmemente. Ela tentou novamente lutar, o que era total e ridiculamente inútil.

Uma luz ofuscante a cegou. Uma grande lanterna lhe apontava seu olhar inquisidor. Por trás da luz, duas silhuetas se misturavam sob o horror das suas longas máscaras brancas.

O estômago de Grace embrulhou.

A Klan. E dizer que ela achava que era o pobre do Sherwood quem a seguia. Não estávamos falando de um jovem garoto rejeitado.

Em um *flash* de lucidez que quase a divertiu, ela se perguntava se era possível vomitar estando amordaçada. Uma primeira bofetada interrompeu suas especulações:

– Ahá, tem gente se sentindo menos poderosa agora!

Grace tentou recuperar o juízo, estava muito confusa. Mas um segundo golpe, mais forte, encheu sua boca com um sabor metálico.

– Então, diz pra gente: O que há de errado com essa linda cabecinha?

Juntando o gesto à palavra, a maior das silhuetas bateu suavemente na cabeça de Grace, o que só aumentou seu pavor.

Ela sentiu no ouvido a respiração do seu terceiro agressor, aquele que sempre a rodeava e lhe esmagava literalmente o estômago:

– Agora ela está toda amiguinha dos negros, é?

Grace tremia dos pés à cabeça. A Klan não brincava. Ela não seria a primeira mulher branca a ser linchada por traição. O maior deles assumiu o comando:

– Pensou que estava acima dos outros? Você achava que poderia papear tranquilamente com a vagabunda da Molly Costello? O que você disse pra ela, hein? Você fala crioulo agora, por acaso?

Uma terceira bofetada impediu-a de escolher entre remorso e arrependimento. Ela sentiu as lágrimas escorrerem pelas bochechas ardentes.

O homem que ainda não tinha falado colocou a mão no bolso. Grace virou os olhos. "Por favor", ela implorou mentalmente. "Que não seja uma faca!"

Mas o homem tirou uma caixa do bolso e a entregou a seu parceiro. Depois de enfiar os dedos na caixa, ele explicou calmamente:

– Para alguém que gosta tanto assim de negros, você é um pouco branca demais, *honey*.

Ele lhe mostrou as mãos enegrecidas por uma pasta espessa e brilhante.

Grace viu as palmas das mãos dele se aproximarem de seu rosto, ficando cada vez maiores, como num filme, em câmera lenta. Então ela sentiu o contato da graxa em suas bochechas, o que a fez irromper em lágrimas. Ela fechou os olhos, soluçando. O homem ia e voltava esfregando a graxa em seu rosto. O cheiro da aguarrás tomou conta de suas narinas, misturado com o sal das suas lágrimas.

Quando finalmente terminou, o homem recuou, satisfeito:

– Ah! Assim está melhor. Não acham, rapazes?

Seus cúmplices concordaram com veemência.

O que a segurava completou:

– Os cabelos ainda não estão bons.

Grace viu o reflexo de uma lâmina brilhar sob a luz da lanterna e imediatamente entendeu o que ia acontecer. Sob a mordaça, ela tentou gritar.

O pequeno sussurro das lâminas abrindo e fechando lhe pareceu de uma violência sem precedentes. As mechas loiras começaram a cair no chão, leves como plumas.

– Perfeito. Uma verdadeira negra.

Depois de alguns segundos de interminável silêncio, ele acrescentou:

– E você sabe o que fazemos com as negrinhas?

Grace temia esse momento desde que sentiu aqueles braços a prenderem. Pronto, ia acontecer. E ia acontecer com *ela*. Ela seria uma das vítimas de quem os jornais falariam, daquelas que até então só pareciam existir em um mundo paralelo. Quando ela viu a mão do homem abrir o botão de sua calça, tentou se desvencilhar dele e voar sobre aquele beco que ia fazer desaparecer para sempre a Grace Anderson que ela havia sido até então.

Enquanto seus olhos estavam fechados, a voz de Sherwood a fez estremecer.

– Ei!

Ela abriu os olhos imediatamente, o que lhe incomodou muito. A graxa ardia. Será que ela estava sonhando? Ele tinha vindo salvá-la? Todo o desprezo que ela sentia desapareceu em uma fração de segundo. Ela só pensava na possibilidade de escapar. Grace forçou-se a abrir os olhos ainda mais e virou a cabeça na direção da rua.

Toda a sua esperança caiu por terra. Não havia ninguém.

– Ei, isso não estava nos planos! Deixa ela em paz, já está bom.

O sangue de Grace congelou. A voz de Sherwood não vinha da rua, mas de trás da máscara de um dos seus agressores, aquele que ainda não tinha falado.

A voz repetiu:

– Deixa ela em paz, ela já teve o suficiente.

Sem dúvida. Era ele. O Sherwood que havia alguns meses a idolatrava como a uma pequena deusa.

– Você está brincando? Agora que ela está aqui...

Sherwood começou a gritar:

– Droga, deixa ela em paz, eu já disse!

O corpo de Grace dava espasmos violentos que ela não conseguia mais controlar. O seu destino parecia suspenso entre os dois homens. Ela tentou olhar nos olhos de Sherwood. Ele não podia deixar *isso* acontecer.

Mais tarde, uma quarta voz começou a ressoar:

– Mas que droga está acontecendo aqui? Robby, vai chamar a polícia!

Todos viraram ao mesmo tempo.

Grace reconheceu Robert Dunaway, um estudante do último ano. Ao lado dele, aquele que tinha falado, outro estudante que ela não conhecia.

Sherwood e seus cúmplices fugiram pelo beco.

Robert Dunaway tirou a fita da boca de Grace, que vomitou nos pés dele.

Molly

___

Em pé diante da classe, o diretor Thomson estava muito sério:

– Ontem à noite, a colega de vocês, Grace Anderson, foi agredida a poucos passos da escola.

Molly sentiu o coração disparar. Ela virou a cabeça para a carteira vazia onde a garota normalmente se sentava e teve vontade de gritar. Grace Anderson. Agredida. Uma das raras brancas a ousar falar com ela. A única que alguma vez sorrira para ela. Isso não podia ser uma mera coincidência. Quiseram que ela pagasse por isso.

Na sala de aula, os alunos ficaram atordoados. Judy Griffin explodiu em grandes soluços. Dorothy Mitchell olhava para o diretor com a boca meio aberta, visivelmente abalada. Ao lado dela, os olhos de Brook Sanders piscavam freneticamente. Sua pele tinha assumido um tom ligeiramente acinzentado.

Depois de alguns minutos de confusão, Molly levantou a mão. Pela primeira vez, ninguém a insultou. A menina não sabia se era uma questão de decência ou uma simples distração da parte dos outros estudantes.

A senhora Olson fez um discreto sinal com a cabeça, autorizando Molly a falar. Ela se dirigiu ao diretor:

– Ela está bem?

– Sim, ela não ficou gravemente ferida. Mas não esperem voltar a vê-la antes do final do ano.

– Os culpados foram encontrados? – perguntou Anton.

Thomson balançou a cabeça:

– Neste momento, não posso dizer mais nada. Há uma investigação em andamento. Os pais de Grace prestaram queixa.

Uma hora depois, a notícia havia se espalhado por toda a escola. A popularidade de Grace era tal que todos falavam sobre isso, num misto de horror e excitação.

Na ausência de mais informações sobre as condições em que a agressão havia ocorrido, o rumor corria aos quatro cantos. Molly ouviu dizer que Grace tinha sido violada por três homens negros, sedentos para se vingarem das humilhações sofridas por seus companheiros no Liceu Central. Por que ela? O acaso.

Conrad Bishop comentou, ácido:

– Claro que sempre que algo do gênero acontece, só pode ser culpa dos negros primitivos.

Thelma discordou:

– Espero sinceramente que isso seja apenas um boato. Se os rumores se confirmarem, este será o nosso último dia no liceu. Conrad, você pode dizer adeus ao seu diploma!

Molly não disse nada. Ela estava pensando em Vince. Claro que ele jamais faria uma coisa dessas. Mas a violência e a agressividade que o motivavam a fizeram pensar que um negro poderia de fato ter cometido tal ato. A estupidez era a coisa mais comum no mundo.

Por volta das 11 horas, a polícia entrou na escola. Em silêncio, os alunos abriram passagem para os oficiais. Algumas garotas passaram mal.

As forças de ordem deixaram o liceu meia hora depois, enquadrando a única pessoa que havia sido formalmente identificada pela vítima.

Sherwood Sanders, algemado e com a cara fechada, foi arrastado até o furgão dos policiais.

Little Rock, 29 de abril de 1958.

Querida Grace,

Não sei se voltarei a vê-la um dia, por isso escrevo estas poucas linhas. Espero que, quando vir que a carta foi enviada por mim, você não a jogue fora.
Não consigo deixar de me sentir culpada pelo que aconteceu. Acho que, se eu não tivesse ido te agradecer naquele dia, talvez você nunca mais tivesse falado comigo. No momento em que estiver lendo esta carta, você provavelmente estará estudando para as provas finais. Sei que estas palavras não vão apagar o que você passou, mas eu gostaria de dizer o quão feliz eu sou por ter cruzado o seu caminho. Acho que você foi a única que me deu a impressão de que não fizemos tudo isso em vão. Guardo essa lembrança comigo. Ela é preciosa. Espero que esteja melhor. Que não nos culpe por acreditarmos nas nossas oportunidades, por tentarmos mudar as coisas. Por sonharmos com a igualdade.
Permito-me finalizar com um beijo. É fácil fazer isso através do papel.
Boa sorte!

Molly Costello

P. S.: Espero que esta carta chegue a tempo. Foi difícil encontrar seu endereço.

Presa entre as quatro paredes da sala de casa, Molly esperava pelo início da transmissão do rádio. Ela estava furiosa. A cerimônia de formatura estava prestes a começar e ela não podia comparecer. Ela se dirigiu apressadamente para a porta de entrada e abriu-a com violência.

Olhou por cima dos telhados, na direção do Estádio Quigley, onde a cerimônia ia acontecer. Como é que a noite podia estar tão normal, tão silenciosa quando o momento era tão... decisivo?

– Dá para acreditar? – ela disse ao retornar à sala. – O Conrad vai ser o primeiro negro a se formar no Liceu Central e nenhum de nós estará lá para testemunhar isso! Nem sequer os pais dele estarão presentes!

Molly imaginou Conrad caminhando triunfante no palco para pegar o precioso papel branco. Depois de tudo o que passaram. Era tão incrível que ela não conseguia colocar em palavras o que estava sentindo.

Ela soltou, por falta de uma expressão melhor:

– Francamente, é... nojento!

Sua mãe interveio:

– Molly, eu também sonhava em poder aplaudi-lo. Mas, eu já disse e repito, isso seria muito perigoso. Você sabe tão bem quanto eu que nenhum negro vai poder assistir. Mesmo os jornalistas um pouco mais escuros terão de ficar longe.

– Mas...

– "Mas" nada. A cerimônia está sob forte vigilância. Há polícia, o FBI e o exército. E todos os seus esforços estarão focados em proteger o Conrad. Vocês viram o que estão dizendo na imprensa? Que ele está arriscando sua vida.

Molly sabia que a mãe estava dizendo a verdade. Todos esses cuidados dispendiosos não estariam sendo tomados se as autoridades não estivessem com medo de que algo acontecesse. Especialmente porque tudo sugeria que, de fato, algo estava sendo tramado. Um explosivo havia sido encontrado no armário do jovem. Ele não estava armado, mas o alerta era claro. Quem quer que fossem os possíveis agressores, eles não tinham muito mais tempo para agir. Mas estavam apostando alto.

Shiri acendeu uma vela:

– Venham, vamos rezar por ele.

Precisamente às 20 horas e 48 minutos, Conrad Bishop foi chamado para receber seu diploma.

Todos os outros estudantes, sem exceção, tinham sido aplaudidos com excitação, mas quando Conrad subiu ao palco, um silêncio terrível tomou conta do lugar.

Sentadas na sala, em frente ao pequeno rádio, as três mulheres se deram as mãos. De olhos fechados e com a cabeça inclinada para trás, Shiri rezava.

"Não deixe ninguém atirar nele. Permita que ele chegue lá."

Alguns insuportáveis segundos passaram. Molly imitou sua avó e fechou os olhos, como se esse simples gesto pudesse impedi-la de ouvir tiros.

Finalmente, outro estudante foi chamado, e os aplausos, retomados.

Molly respirou fundo. O momento foi de grande tensão. Ela explodiu em lágrimas, que misturavam tristeza e alegria.

Quando secou as lágrimas, Molly lamentou:

– Vocês ouviram? *Ninguém* na plateia o aplaudiu. Ele teve que passar pelo palco sozinho, diante de todos aqueles brancos que...

– Está tudo bem – interrompeu Erin. – No resto do mundo, milhares de pessoas o aplaudiram. Ele e todos vocês, pelo que fizeram.

Shiri completou:

– Quem se importa com quem o aplaudiu ou não? Ele é um graduado vivo, é tudo o que importa.

Molly sussurrou:

– Aconteceu. Nós conseguimos.

Sua mãe e sua avó lhe deram um abraço.

Shiri pôs a mão em sua testa, como faz um pastor:

– Mais tarde, creio que você vai conseguir medir a força e a coragem que tudo isso lhe trouxe.

Molly olhou para o vazio. Seus olhos pousaram sobre o calendário da geladeira, que ela havia recolhido do chão um pouco mais cedo naquela noite. Ela não teria o trabalho de colocá-lo de volta no lugar. O ano letivo havia acabado.

Shiri comentou, hesitante:

– Talvez um dia você até se sinta feliz por ter vivido isso.

Molly não respondeu. Por enquanto, esse dia parecia distante.

Ela tinha enfrentado uma violência assombrosa: a sua inocência e os seus 16 anos lhe tinham sido roubados. Nada voltaria a ser como antes. Felizmente, havia um vislumbre de esperança. Danny, o soldado que a acompanhou e sem o qual ela não teria enfrentado todo aquele ano. A professora de Educação Física. E Grace Anderson, que trouxe de volta sua confiança no ser humano.

Talvez fosse só uma questão de tempo.

Veríamos.

Grace

Pela janela do Bentley da família, Grace observava a paisagem. Eles haviam acabado de passar por Damascus, uma pequena cidade verde que parecia ter parado no tempo. Mal dava para ver algumas pessoas pelas ruas: uma mulher na porta de uma loja com os braços carregados de pacotes de papel pardo, grupos de crianças correndo no pátio de uma escola. Grace pensou nas incríveis histórias que inventamos nessa idade e tentou se lembrar da última vez que brincara de criar diferentes personagens para si mesma. Havia sempre uma última vez.

Deitado ao lado dela, com os pés sobre as malas de viagem, Keith estava imerso na leitura de uma HQ do Superman. De vez em quando, ele emitia alguns grunhidos de surpresa ou satisfação.

No banco da frente, seus pais estavam calados. Grace pensou que, tal como ela, eles provavelmente buscavam recordações do passado em suas memórias.

Ela passou a mão pelos cabelos curtos. Quase dois meses haviam se passado desde que *aquilo* aconteceu, mas seus dedos ainda se surpreendiam ao tocar os cabelos. Ela suspirou. Desta vez estava tudo acabado.

Depois do ataque, seus pais não hesitaram. O pai pediu transferência para outra cidade. Eles colocaram a casa à venda, arrumaram todos os papéis e encontraram um novo emprego para sua empregada.

Saíram de Little Rock havia duas horas e rumavam para o norte. A família ia se mudar para Cincinnati, em Ohio.

A única coisa de que Grace sentiria falta de sua antiga vida seria de Minnie. Se a empregada tinha se esforçado para não chorar, Grace o fez pelas duas. Por que é que só quando perdemos certas pessoas nós percebemos o quanto as amamos?

Grace se abaixou para pegar a bolsa de couro, colocou-a no colo e tirou de dentro a caixinha que Minnie lhe deu. "Para mais tarde", disse ela com seu largo sorriso. Grace desfez o laço de cetim azul e levantou a tampa de papelão.

Ela abriu um sorriso. Era um par de meias finas.

No fundo da caixa, havia um bilhete. "Para os seus *sweet sixteen*. Minnie."

Ao deslizar os dedos sobre o náilon, Grace ficou envergonhada. Ela não sabia praticamente nada sobre a mulher de quem tanto gostava. Onde é que ela vivia? Como eram seus filhos? Será que sorria com frequência? Ela nunca se dera ao trabalho de se interessar por isso. Tampouco por Molly Costello e os outros oito estudantes negros cuja inacreditável coragem ela conseguia mensurar agora.

Desde que *aquilo* aconteceu, ela estava convencida de que eles tinham razão e de que a luta deles era legítima. O que aconteceu com ela demonstrava justamente a que ponto a situação era grave. Ela foi espancada porque tinha... falado com pessoas que não tinham a mesma cor da sua pele.

Na verdade, talvez ela sempre soubesse que essa luta era legítima, mas nunca tinha tido coragem de admitir. Ela não sabia muito bem.

Grace tentou imaginar Molly Costello sorrindo. Ela nunca a vira de outra forma que não fosse de cara fechada por medo de que uma atitude mais aberta pudesse ser considerada uma provocação. Como será que ela era sorrindo?

– Legal! Muito bom!

Keith tinha voltado a se sentar com a cabeça ainda cheia das imagens de sua HQ.

Grace voltou a observar a paisagem que passava.

As imagens que tinha criado de uma Molly Costello sorridente também lhe agradavam.

Algum tempo depois...

—

Na vida real, apenas oito dos nove estudantes chegaram até o final do ano letivo. Após o caso do chili, Minnijean Brown foi definitivamente expulsa, dessa vez por ter respondido a insultos.

No início do ano escolar seguinte, em 1958, a integração não continuou no Liceu Central. Apoiado pelos resultados de um referendo popular, o governador Faubus preferiu usar suas prerrogativas e fechar as quatro escolas públicas da cidade, impedindo que negros e brancos frequentassem as aulas. O ano foi batizado de *the lost year*, "o ano perdido".

Só em 1960 é que as instituições educacionais foram reabertas sob a injunção da Suprema Corte dos Estados Unidos. Os estudantes de origem afro-americana continuaram sendo igualmente rejeitados, submetidos a gozações, hostilidade e brutalidade de toda espécie.

Para continuar seus estudos, os nove de Little Rock se mudaram ou se inscreveram em cursos por correspondência.

Melba Pattillo mudou-se para a Califórnia, onde foi recebida por George e Caroll McCabe, um casal branco com quatro filhos.

Depois de se formar, ela começou a escrever para vários jornais e revistas e abraçou a carreira jornalística com que tanto sonhou.

Em 1999, Melba Pattillo e os outros oito estudantes receberam a Congressional Gold Medal – "Medalha de Ouro do Congresso" –, a maior distinção que pode ser concedida a um cidadão dos Estados Unidos. Além deles, somente mais 300 pessoas já receberam uma.

Em dezembro de 2008, eles foram convidados por Barack Obama para participar de sua cerimônia de posse como o primeiro presidente afro-americano dos Estados Unidos. Eles são reconhecidos como os principais atores na luta pelos direitos civis. Melba Pattillo tem hoje 79 anos e vive em São Francisco, onde ensina Jornalismo.

Annelise Heurtier

Arquivo pessoal

Quando eu era uma impetuosa adolescente (sem rugas, sem chefe e sem filhos!), dividia meu tempo entre as competições de ginástica, o Ensino Médio e os livros. Lia quase tudo o que caía em minhas mãos!

Agora que sou uma mãe sensata de 41 anos, sinto-me velha demais para brincar de aventureira numa barra... Então, além de ler, comecei a escrever! E o mais estranho é que funcionou... A prova disso é que você acabou de terminar a leitura de um dos meus romances.

Muitas vezes, os leitores que encontro me perguntam de onde vêm as minhas novas ideias. Respondo sempre a mesma coisa: que me considero uma espécie de jardineira cujo trabalho é recolher as sementes das flores e fazê-las germinar. Flores originais, exóticas, que cheiram bem, flores com cores vibrantes e de bela aparência. Encontrei a semente deste romance ao folhear um livro de fotografias sobre os Estados Unidos dos anos 1960. Eu tinha acabado de escrever um romance muito bonito, *A cor dos sentimentos*, e queria estudar esse período complexo, ao mesmo tempo sombrio e fascinante. Consigo me ver no processo de folhear o livro de fotografias e, de repente, parar diante de um pequeno clique em preto e branco, acompanhado apenas de algumas linhas sóbrias. Era a foto dos Nove de Little Rock, reunidos décadas depois de sua passagem pelo liceu.

Esse registro foi como uma deflagração interna. Eu havia encontrado um assunto, havia encontrado a semente de uma flor que sabia ser incrível de antemão.

O mais difícil estava diante de mim... Não sendo especialista no país nem na história dos Nove, precisei trabalhar duro. Mas eu apreciei cada segundo desses longos meses de pesquisa. Aprendi muito, pensei muito, duvidei também. Seria eu capaz de retratar a epopeia desses alunos sem trair nada, misturando ficção e realidade? Hoje, não me arrependo. Este romance, traduzido para várias línguas, ganhou muitos prêmios e estou feliz por ter tornado esta história mais conhecida. Acho que podemos crescer em qualquer idade, avançar no próprio caminho. Cruzar com esse tipo de destino, mesmo no papel, é exatamente o que pode nos ajudar a avançar. Boa leitura!

Este livro foi composto com a família tipográfica
Jaune e Register para a Editora do Brasil em 2020.